Obras do autor publicadas pela Companhia das Letras

Aberração
Os bêbados e os sonâmbulos
O filho da mãe
As iniciais
Medo de Sade
Mongólia
Nove noites
Onze
Reprodução
Simpatia pelo demônio
O sol se põe em São Paulo
Teatro

SIMPATIA PELO DEMÔNIO

BERNARDO CARVALHO

Simpatia pelo demônio

COMPANHIA DAS LETRAS

Copyright © 2016 by Bernardo Carvalho

Grafia atualizada segundo o Acordo Ortográfico da Língua Portuguesa de 1990, que entrou em vigor no Brasil em 2009.

Capa
Claudia Espínola de Carvalho sobre detalhe de *São Cristóvão carregando o Menino Jesus*, Hieronymus Bosch, *c.* 1490, óleo sobre tela, 113 × 72 cm. Museum Boijmans van Beuningen.

Preparação
Márcia Copola

Revisão
Angela das Neves
Jane Pessoa

Os personagens e as situações desta obra são reais apenas no universo da ficção; não se referem a pessoas e fatos concretos, e não emitem opinião sobre eles.

Dados Internacionais de Catalogação na Publicação (CIP)
(Câmara Brasileira do Livro, SP, Brasil)

Carvalho, Bernardo
    Simpatia pelo demônio / Bernardo Carvalho. — 1ª ed. —
São Paulo: Companhia das Letras, 2016.

    ISBN 978-85-359-2780-1

    1. Romance brasileiro I. Título.

16-05650   CDD-869.3

Índice para catálogo sistemático:
1. Romances : Literatura brasileira   869.3

[2016]
Todos os direitos desta edição reservados à
EDITORA SCHWARCZ S.A.
Rua Bandeira Paulista, 702, cj. 32
04532-002 — São Paulo — SP
Telefone: (11) 3707-3500
Fax: (11) 3707-3501
www.companhiadasletras.com.br
www.blogdacompanhia.com.br
facebook.com/companhiadasletras
instagram.com/companhiadasletras
twitter.com/cialetras

Para o Henrique

Partes deste livro foram escritas com o auxílio de bolsas de residência do Daad Berliner Künstlerprogramm e da Passa Porta — Casa Internacional de Literatura em Bruxelas. O autor agradece a ambas as instituições.

Embora o título deste romance faça menção explícita à canção dos Rolling Stones "Simpathy for the Devil", aqui o sentido é outro. "Simpathy", em inglês, quer dizer "consideração". No título deste romance, a simpatia pelo demônio é simpatia mesmo.

Sempre que precisar de uma sombra, pode contar com a minha.

Malcolm Lowry, À *sombra do vulcão*

Call me morbid, call me pale
I've spent six years on your trail

The Smiths, "Half a Person"

I. A AGÊNCIA HUMANITÁRIA

Como se eu tivesse querido escapar ao abraço de um monstro
e o monstro fosse a violência dos meus movimentos.

Georges Bataille, *História do olho*

1. "Vai ter que ir sozinho", o diretor disse, ainda agachado, depois de desligar o vídeo, sem levantar os olhos para o homem que continuava em pé diante dele. "Vai ser a sua escola", prosseguiu, enquanto fechava as gavetas e guardava os documentos na pasta, evitando olhar para o subordinado que recebia a missão em silêncio. O diretor era um homem de bem mas que o poder tornava intratável sempre que era obrigado a agir a contragosto. E ali, embora a rigor não contrariasse suas convicções pessoais, contradizia o estatuto que ele próprio ajudara a redigir e que regia a agência sob seu comando. Mantinha os olhos baixos para evitar as perguntas que não deviam ser feitas. Marcou a reunião para depois do expediente, de propósito. Esperou todos saírem para comunicar ao Rato a missão. Os dois eram os últimos no prédio, fora os seguranças e a equipe de faxina, que não contavam, podiam passar por sombras, não estavam ali para imaginar o que se discutia a portas fechadas. Não fazia nem meia hora que a secretária entrara na sala para avisar que já estava indo embora, antes de eles começarem a assistir aos vídeos, mas era como se a

mesa dela estivesse intocada desde sempre, uma instalação cercada por um cordão de isolamento num museu sem visitantes. Não era só a antessala onde ficava a mesa da secretária; não eram só as salas adjacentes e o corredor que levava ao hall dos elevadores do nono andar; nem era só o nono andar — o prédio inteiro parecia abandonado àquela hora, embora continuasse aceso, brilhando na distância, como um farol a sinalizar o caminho em meio à tempestade. Já não era a imponência alegórica da estátua da Liberdade a receber os imigrantes que no passado chegavam de navio, fugindo da guerra, da miséria e do horror, mas pelo menos estava ali, sempre reluzente entre os outros prédios, à vista de quem vinha do aeroporto, antes de atravessar o East River. Mesmo quando restava um único funcionário até mais tarde, aguardando uma ligação urgente de algum canto remoto do planeta, onde o dia apenas começava e de onde precisavam remover alguém às pressas; mesmo quando não havia mais ninguém no prédio nem nenhuma questão de vida ou morte a ser resolvida do outro lado do mundo, depois de sair o último faxineiro, de madrugada, quando os seguranças se recolhiam às cabines blindadas do térreo e, num momento de distração, fechavam os olhos, vencidos pelo cansaço, mesmo então, quando já não eram necessárias, as luzes continuavam acesas, a cintilar ao longe, como estrelas mortas, para que ninguém fora dali se sentisse desamparado em seu sono, para que nunca passasse pela cabeça de ninguém que eles pudessem parar de trabalhar, nem que fosse por alguns segundos, pelo bem-estar da humanidade.

2. Não tinha a ver com o medo. Era um sentimento que ele desconhecia, que ele nunca experimentara e que via pela primeira vez no vídeo, como se os sentimentos fossem para ser vistos, o que tornava a cena ainda mais sinistra e revoltante. Na

verdade, não era um sentimento. Era outra coisa. O rapaz estava vestido com um macacão cor de laranja, desses que os detentos usam nas prisões americanas e que, como provocação e desafio, os jihadistas adotaram, por reciprocidade, como uniforme dos reféns que serão executados. O rapaz olhava para a câmera e começava a falar. Falava sem hesitação. Não fosse o aspecto doentio, os olhos baços e a palidez reforçada pelo contraste com a cor vívida da roupa, poderia passar por um político discursando em rede nacional. O fundo era preto e ele estava sentado, com os braços apoiados na mesa a sua frente. Fora o esgotamento, que era visível, físico, nada na sua expressão traía o que ele dizia. Nenhuma lágrima, nenhuma contradição, nenhuma hesitação, nenhuma mensagem subliminar. Ele dizia: "Meu país me abandonou onde nós não deveríamos estar, numa guerra que não é nossa. Guiado por uma política externa desastrosa, depois de se ver obrigado a abandonar uma guerra invencível, nosso governo se prepara para enviar o exército para mais uma tragédia. Eu sei o que vocês estão pensando. Vocês acham que estou falando sob coação, que meus algozes estão me forçando a dizer coisas. Ninguém está me forçando a nada. Não tenho a quem recorrer. Fui abandonado. Em um mês serei decapitado porque meu país se recusa a negociar com meus captores, ao contrário de outros países que já compreenderam qual é a única maneira de salvar seus cidadãos. Meu país não liga para seus cidadãos. Estamos às vésperas de mais uma guerra perdida, na qual nossos soldados afundarão, como afundaram antes, aniquilados pela força do exército de Deus. Enquanto isso, vocês são bombardeados e manipulados por uma mídia que serve aos interesses da política de equívocos promovida por nossos governantes. E somos nós — você e eu — que pagamos por isso".

O depoimento prosseguia com o prisioneiro justificando sua conversão religiosa. O Rato conhecera o rapaz. Trabalhara com ele. Era um homem digno, que não acreditava em Deus nem podia acreditar depois de tudo o que vira em seu trabalho de agente humanitário em zonas de conflito. Nunca diria um texto daqueles de livre e espontânea vontade. Ao que parecia, naquela sala e naquele vídeo ninguém agia por livre e espontânea vontade. Nem o diretor, nem o Rato, nem o refém. Era um vídeo estranho. Quem falava já não era o rapaz que ele conhecera. Era outro homem. O rapaz não estava ali. Não era medo. Não havia correspondência entre o que ele alguma vez sentira e o que estava dizendo, entre o homem e a palavra. Dizia o que não pensava e o que não sentia, porque pensar, sentir ou dizer já não tinha nenhuma correspondência ou importância. Eles o esvaziaram até que suas palavras já não conferissem nenhuma verdade ao que dizia. Que tipo de torturas mentais e físicas ele teria sofrido antes de se prestar àquele papel repulsivo?

"É isso que você quer saber, não é? Onde foram parar os sentimentos. É isso que mais te intriga, não é?", o diretor perguntou ao Rato, agachado a seu lado, ainda sem olhar para ele, procurando no controle remoto o botão que desligava o vídeo.

3. O diretor fez questão de que o Rato visse o vídeo de uma degolação e a mensagem que o pai do rapaz gravara para enviar ao filho em cativeiro, antes de lhe mostrar o depoimento do filho. Era como se tentasse ao mesmo tempo se justificar e convencê-lo. No primeiro vídeo, um homem que o Rato desconhecia, vestido com o habitual macacão cor de laranja, estava ajoelhado no deserto, o sol a pino, olhando para a câmera. A seu lado, em pé, um homem encapuzado, vestido de preto, segurava o ombro do prisioneiro com uma das mãos e uma faca com a outra. Era o modelo das execuções registradas pelos terroristas e disseminadas pela internet. O prisioneiro se despedia da família,

pedia desculpas, dizia que lamentava não ter passado mais tempo com eles. Estava exausto. Exausto de ser torturado. Mal terminava o que tinha a dizer e o homem encapuzado já estava curvado sobre ele, a lhe cortar o pescoço.

O Rato só percebeu que fechara os olhos quando voltou a abri-los e deparou com o diretor a observá-lo. Era a primeira vez que seus olhares se cruzavam desde que ele entrara naquela sala.

O que o pai do rapaz dizia diante da câmera, no vídeo ao qual o diretor e o Rato assistiram em seguida, mostrava que ele já não acreditava na libertação do filho. "A família compreendeu nossa política de não negociar com os sequestradores e está resignada. O vídeo é uma despedida", o diretor explicou ao Rato, enquanto assistiam ao depoimento, para que ele entendesse o que estava em jogo naquela missão. O que o pai do rapaz dizia no vídeo era uma declaração de amor ao filho à beira da morte: "É tarde para me desculpar. Se você está aí, é pela sua coragem, pelo homem que você é e que eu admiro, mas também pela educação que nós te demos. E, se por um lado estou e sempre estarei orgulhoso de você, por outro, me arrependo de não ter criado um covarde, porque pelo menos ainda o teríamos ao nosso lado". Nessa hora, as lágrimas que até então eram imperceptíveis, em parte pela má qualidade da imagem e em parte pela expressão impassível no rosto do pai, começaram a empapar a camisa azul-clara de uma mancha que avançava com a rapidez de uma inundação. O rosto continuava impávido como o de um herói diante da forca, mas a camisa ia escurecendo, como uma folha de papel queimada por uma chama invisível, conforme o homem prosseguia, despedindo-se do filho que ele não podia ver mas que àquela altura ainda imaginava vivo.

*　*　*

4. O diretor tinha seus motivos para mostrar os vídeos ao Rato. Estava constrangido. Se o posto não lhe permitia dizer o que pensava, queria pelo menos deixar clara sua contrariedade. Os vídeos revelavam a vergonha da operação que, violando as normas da agência, ele agora se dizia forçado a propor ao Rato. Em desrespeito à política com a qual justificava, em nome da segurança de seus funcionários e obedecendo às diretrizes dos Estados que financiavam a agência, nunca negociar com terroristas, nem mesmo para salvar a vida de indivíduos como o rapaz que aparecia no vídeo e que àquela altura já devia estar morto, agora o diretor, cedendo a instâncias superiores, se prestava a enviar um funcionário para pagar aos terroristas o resgate por um refém cuja identidade ele dizia ignorar. Por razões excepcionais que deveriam permanecer secretas e que contrariavam as regras que, uma vez adotadas, valiam para todos, a agência se via envolvida numa operação escusa para salvar um desconhecido que podia ser um espião ou até um criminoso de guerra. A missão do Rato — e aí o diretor voltou a desviar os olhos — se resumiria a fazer o resgate chegar às mãos dos sequestradores, como se ele agisse por conta própria, sem envolver a agência e muito menos os Estados — ele os mencionava no plural, em abstrato, para não comprometê-los — que haviam instituído a política da não negociação mas cujos interesses, segundo o diretor dava a entender, estavam em jogo naquele sequestro; Estados dos quais, por mais independente que fosse, a agência continuava a depender. Para complicar a situação, os sequestradores faziam parte de um grupo até então desconhecido, com o qual a agência não tivera nenhuma comunicação prévia. Bastaria fazer o dinheiro chegar às pessoas certas. O Rato não teria contato com o refém. Não conheceria sua identidade. Não o encontraria. "E como é que vocês pensam desvincular minha ação da agência?", o Rato

perguntou, menos por provocação do que por sincera perplexidade. "Vamos demiti-lo", o diretor respondeu, também perplexo com a pergunta, enfim encarando o subordinado.

5. O princípio de uma missão secreta é permanecer secreta, a menos que os principais envolvidos estejam divididos quanto ao mérito da questão. Gente importante dentro da agência teria razões de sobra para sabotar essa ação antes de ela ter início. Bastaria lançar o rumor. Os assuntos confidenciais, uma vez alardeados, são sempre os que circulam com maior rapidez, pela inércia de uma excitação transgressora, muitas vezes fora de lugar, substituta de alguma necessidade individual, interior, uma carência, uma neurose, um recalque. Revelar operações secretas é o que resta a quem não participa delas. Nesse caso, entretanto, era o próprio diretor quem em princípio mais interesse deveria ter num vazamento. A missão abria uma exceção moralmente insustentável diante das vidas de funcionários que, por cumprimento das regras internas da agência, não puderam ser negociadas e que terminaram sob a lâmina dos punhais. Se por um lado, como alegava o diretor, o futuro da agência dependia do cumprimento daquela missão, por outro, manter sigilo significava não só romper com as diretrizes internas mas compactuar com um pragmatismo abjeto. E era o que mais o irritava e constrangia, aparentemente. Precisava de um funcionário de confiança, que pudesse pagar o resgate em sigilo, sem nenhum vínculo com a agência ou com os Estados dos quais a agência dependia. O segredo seria garantido pela própria improbabilidade da operação. E a escolha do Rato, um homem que nada tinha de agente secreto, era a mais improvável de todas. Ao mesmo tempo, o fato de não faltarem motivos para sua demissão tornava-o àquela altura o candidato ideal. Era impossível associar sua demissão iminente e inevitável ao acobertamento do que quer que fosse, a

menos que ele mesmo o confessasse — mas confessar o quê, se não saberia nada, não conheceria os verdadeiros mandantes nem o refém? Além disso, era muito improvável que, uma vez demitido, alguém como ele aceitasse participar de uma operação que só poderia humilhá-lo ainda mais. No final das contas, o diretor não lhe propunha uma missão; estava lhe pedindo um favor e um sacrifício, por tudo o que já fizera por ele e pelo futuro da agência.

6. O Rato era um profissional tarimbado, com experiência de guerra, quando sua tese de doutorado, cuja publicação coincidiu com sua ascensão fulgurante dentro da agência humanitária, mudou o modo de intervir em zonas de conflito interétnico e inter-religioso. A reputação dele, a despeito dos desafetos, desde então só cresceu. E, se acabou destroçada em questão de horas, a responsabilidade foi toda sua, consequência de um mau passo que lhe revirou a vida pública e privada uma semana antes de ele ser chamado à sala do diretor para uma conversa que, pela sincronia, só podia tratar da sua demissão. Não esperava ouvir o que ouviu. A ruína fez a ocasião: sua situação profissional insustentável dentro da agência era o disfarce perfeito para uma missão que o diretor não podia propor a mais ninguém.

Aceitá-la só expunha o Rato ao risco de mais desonra, no caso de tudo vir a ser descoberto, para não falar no risco de vida, admitindo que a sua valesse bem menos que a do desconhecido que ele devia salvar. Também não podia descartar que os supostos mandantes — os Estados ou quem quer que estivesse por trás da ação — viessem a tomar providências para eliminá-lo, por questões de sigilo e segurança, uma vez cumprida a missão. O

Rato podia ter seus defeitos, mas não tinha vocação para mártir, nem era do tipo aventureiro, que tira proveito pessoal do risco. Tampouco era arrivista ou submisso a ponto de arriscar suas convicções para agradar superiores. Não tinha por que vestir a camisa da agência se fosse para abrir mão da razão e do bom senso, ainda mais depois de ser demitido. Não dispunha do altruísmo inviolável ou do cinismo que é capaz de justificar o desapego pessoal, em nome do trabalho, com respostas tão abstratas e automáticas quanto a da vocação humanitária desinteressada, que além do mais não cabia naquele caso. Se havia algum bem a colher para a agência, como alegava o diretor, seria a longo prazo e por meios que a conspurcavam. Em princípio, não havia explicação para o que o levava a aceitar, depois de demitido, uma missão para a qual não fora talhado e que contradizia o estatuto da agência para a qual trabalhara por quase trinta anos. Não tinha nada a ganhar. Teria de ir só, como um espião, e no caso de alguma coisa dar errado, no caso de perder o controle, no caso de vir a ser malsucedido, também cair só, pagando sozinho pelo desmando, não apenas com a reputação já comprometida mas talvez com a vida. Era preciso conhecê-lo bem — ou intuir o momento, como fazia o diretor — para supor que aceitasse o sacrifício. Porque aquela era uma missão suicida. "Por que não mandam um agente secreto, gente que trabalha na área?", o Rato afinal perguntou. "Porque não há consenso entre os principais interessados. Preferimos não correr riscos. Ninguém melhor que você para esse papel", o diretor desconversou, dando a entender que havia coisas das quais não podia falar e que talvez fosse melhor o Rato não saber. Ele teria de tomar decisões com a autonomia e a independência de quem age por conta própria, à revelia dos chefes, embora na verdade apenas seguisse ordens de chefes cuja identidade desconhecia. Assim, no caso de falhar, não levaria a agência humanitária consigo em sua queda autônoma e independente. Em caso de urgência ou de algum imprevisto, não teria com quem contar. Não haveria a quem recorrer. Sofreria todas as consequências sozinho. Teria de arcar sozinho com a responsabilidade de seus atos. Como um agente secreto, justamente. Um anjo caído. A missão seria sua escola na vida que começava fora da agência.

7. Nada explicava sua presença ali, numa zona de guerra onde ninguém queria estar e onde, paradoxalmente, ele não estaria se ainda trabalhasse para a agência humanitária. Aqueles que o receberam e os que ele contratou ao chegar não estavam ali para fazer perguntas. Não precisavam saber que ele trabalhara para a agência, que já não trabalhava para a agência, nem que, demitido, seguia trabalhando para a agência secretamente. As explicações seriam demasiado complicadas e só levantariam mais suspeitas, aumentando os riscos. Aqueles homens conheciam as próprias atribuições e, se é que suspeitavam de alguma coisa, deviam se contentar com o que recebiam para fazer o que lhes era pedido sem entrar no mérito ou nas razões de quem pagava. Mas a figura do Rato não ajudava. Seria natural que não tivessem vontade de perguntar nada e agissem como mercenários profissionais, se a solidão do homem que os contratava não expressasse uma forma insistente e provocativa de charada. Estava completamente só. E, embora insondáveis, suas razões também eram demasiado profundas para que, na falta de interlocutores e de perguntas, não emergissem naturalmente em modos e gestos, apesar de sua discrição e de seu silêncio, à maneira de um trauma recalcado que se manifesta fora do lugar, onde menos se espera. A pulseira que ele usava, por exemplo, podia ter função de combate no braço de outros homens, guerreiros de culturas exóticas, mas de nada servia no braço do funcionário de uma

agência internacional encarregada de promover a paz ou no braço de um homem encarregado de pagar o resgate por um refém que não conhecia. O Rato colecionava adornos de guerra dos povos que visitara a trabalho, adornos que obtivera por meios no mínimo pouco condizentes com as funções dele. Comprara as pulseiras por ninharias — quando não as recebera de graça, como presente —, e nunca sofreu da má consciência de se aproveitar dos homens que ajudava. Realizava seu trabalho com competência, nunca lhe passou pela cabeça perder a oportunidade de adquirir os objetos que mais cobiçava, pelo preço que conseguisse, de preferência o mais baixo. Esse comércio era um vício menor, ao qual os superiores da agência faziam vista grossa mas que irritava os colegas. As pulseiras eram um detalhe diante de sua reconhecida capacidade profissional. Ele as usava como amuletos. E, embora não fosse um homem supersticioso, havia quem especulasse que também se servisse do trabalho humanitário para se proteger de uma ameaça ainda maior do que qualquer atentado ou qualquer guerra, como se procurasse o horror para se desviar de si, para evitar o destino a que estaria condenado longe do perigo.

É possível visitar o horror alheio e sair ileso, mas ninguém escapa ao próprio horror. Espalhado por desafetos dentro da agência, o boato de que ele tirava proveito do sofrimento dos povos que visitava, na verdade nasceu da propaganda que ele mesmo fazia de suas pechinchas, como um adolescente a se gabar de conquistas amorosas, só para provocar, por oposição ao arrivismo e à hipocrisia dos colegas enredados em cálculos e estratégias diplomáticas de autopromoção às custas da dor alheia. Não precisava de nada daquilo. A aparente inabilidade e a indiscrição com que revelava seus pequenos negócios eram vistas pelos colegas como confirmação de sua arrogância. As pulseiras não serviam apenas para que o reconhecessem, mas para que o difamassem. E, em vez de se defender, ele alimentava a difamação, deliberadamente, com mais mal-entendidos. Como se não bastasse colecionar antigos adornos de guerra dos povos que visitava em missão humanitária — objetos que ele adquiria, como fazia questão de alardear, em tom de bazófia, de maneira pouco condizente com a ética humanitária —, também anotava, para depois repetir em recepções e reuniões sociais, preconceitos e injúrias que circulavam desde tempos imemoriais entre esses povos e que muito contribuíam para promover a suspeita e as guerras entre eles. O estranho é que os repetia, rindo, como piadas. Seu interesse, ou melhor, sua obsessão por esses preconceitos disseminados entre os povos que conhecia, e precisamente porque os conhecia, em vez de reproduzir a ignorância e o ódio que grassava entre eles, tinha por objetivo ajudar a compreendê-los, sem paternalismo, como vítimas da má-fé e da opressão que eles mesmos alimentavam uns contra os outros. Decorava as injúrias e as repetia às gargalhadas, como quem recitasse poemas grotescos, sempre que a ocasião se apresentava, para um público consternado e horrorizado, enquanto na intimidade compunha poemas singelos que ninguém lia: "Os furacões deixaram frestas/ por onde agora passa uma brisa/ indireta e maligna/ que resfria quando menos se espera".

Sobre os N., por exemplo, os preconceitos reproduzidos havia séculos entre os K. e os V., seus vizinhos a noroeste e a nordeste respectivamente, insuflavam a ideia de que todo comércio com eles era uma forma de traição, de modo que não se podia excluir a possibilidade de que o infeliz inocente que estabelecesse algum tipo de troca com os N. terminasse perdendo tudo, às vezes até a vida. Se essa era uma desconfiança embutida em todo contato entre os povos da região, assombrando como não dito o comércio entre eles, explicitá-la exclusivamente com relação aos N. equivalia a condenar sua economia ao esgotamento, e os próprios N. a bodes expiatórios de uma desconfiança comum a todos os povos da região.

Em relação aos V., ele repetia, fazendo eco aos N. e aos K., vizinhos a oeste e a sudoeste respectivamente, que era melhor dormir ao relento do que na casa de um deles, pois tinham o mau hábito de estuprar as mulheres de seus hóspedes e em seguida roubar suas crianças. Repetia aquela ficção com uma ênfase que reduzia os ouvintes, os quais não compreendiam a ironia da provocação que ele lhes propunha, à impotência da falsa moral e de uma indignação sem conhecimento de causa, ao constrangimento da própria ignorância, expostos a seus próprios preconceitos e limites, confrontados com a falta de argumentos que lhes teriam permitido calar o especialista abjeto.

8. O diretor sabia quem era o homem que ele convocava a sua sala depois do expediente, com a intenção de lhe fazer uma proposta indecorosa, supondo que pudesse aceitá-la. O Rato estava com cinquenta e cinco anos. A mulher o deixara dois anos antes, levando a filha de sete anos para Berlim. Desde então, ele envelheceu proporcionalmente mais do que nos vinte e sete anos em que trabalhou para a agência humanitária, vinte e dois deles em Nova York, dez no comando da seção que cuidava das zonas de conflito interétnico e de religião. Sempre aparentou menos idade do que de fato tinha. Agora o rosto abatido estampava a idade real, mas como se tivesse levado uma surra. Ainda amava a mulher quando ela o deixou. Na verdade, seu amor por ela não diminuiu; mudou. Nos meses que precederam a separação, a possibilidade de magoá-la, que antes, quando era remota,

lhe parecia uma eventualidade colateral a qualquer relação amorosa (para não dizer um ingrediente inconsciente e necessário), passou a primeiro plano e a dilacerá-lo. O amor tinha se dividido, tinha se tornado demasiado consciente e reflexivo. Não é que o Rato já não quisesse viver com a mulher, mas já não podia vê-la sofrer. No início da relação, sob o pretexto de protegê-la, a fragilidade da mulher o atraiu. Achava que não pudesse vê-la chorar, mas no fundo o choro o seduzia. Inconscientemente, associava o amor ao sofrimento, o amor se confundia com a violência. E precisava manter essa associação inconsciente para poder amar. Assim como a consciência total do corpo não permite viver, bastava tomar consciência da dor potencial do amor para que o sexo se tornasse impossível. O germe dessa consciência cresceu com o nascimento da filha e se impôs aos poucos ao casal. Quando se separaram, já não dormiam juntos fazia dois anos. De qualquer jeito, no que se referia à vida privada, o Rato era a discrição em pessoa e, embora na época muitos na agência tivessem comentado e especulado, ninguém imaginou o que estava por trás da separação. Ele passou a viver só. Quando se ausentava por mais de uma semana, se não fosse por causa de alguma reunião internacional, era para estar perto da filha, em Berlim, de modo que tampouco desconfiaram que podiam ser outros os motivos quando ele começou a declinar uma missão depois da outra. Acabou pedindo ao diretor um ano sabático. Estava esgotado, já não tinha condições de cumprir com nenhuma obrigação. E, depois de adiar a decisão por mais de um ano, o diretor afinal lhe concedeu a licença que ele pedia e que começaria a desfrutar em dois meses se nada tivesse acontecido.

Entre os documentos que o diretor tinha separado para ele, havia um manual de sobrevivência em zonas de conflito, para marinheiros de primeira viagem, escrito por agentes mais jovens e com menos experiência do que ele mas que haviam passado meses em cidades que ele já não reconheceria e cujas regras agora variavam de bairro para bairro e dependiam não apenas do grau de selvageria da facção no comando das ruas, mas da violência dos ataques exteriores. Dependendo da cidade, cortavam os dedos dos fumantes entre a rua tal e tal. Duas quadras acima, se é que ainda havia mulheres, elas só podiam sair acompanhadas. E, três ruas a oeste, as decapitações semanais ocorriam para plateias de crianças. Mas também podia não haver nenhuma dessas atrocidades e o dia a dia seguia um ritmo aparentemente normal, não fosse a precariedade dos meios e as ruínas onde antes havia prédios. Ele folheou o manual com interesse genuíno, buscando informações que pudessem ser úteis. Sua competência podia ser testada em guerras étnicas e inter-religiosas, mas aquilo ali não tinha nome, era o caos de uma guerrilha inédita entre facções que mal se distinguiam entre si, que continuavam a se multiplicar como as células de um tumor e que eram capazes de executar sem piedade os chefes umas das outras depois de terem lutado juntas, na mesma coalizão, pelo mesmo objetivo. Vencido o inimigo comum, só lhes restava voltar-se contra os aliados.

Em seu primeiro ano na agência, o Rato salvara um recém-nascido dos assassinos que destruíram sua aldeia e mataram seus pais. Anos depois, atravessara um campo minado com uma criança nos braços. Negociara tréguas pouco duradouras entre povos que nunca cessaram de guerrear. Escapara a meia dúzia de emboscadas e atentados. Convencera governos a criar campos de refugiados em países antes refratários a toda medida humanitária. Mais de uma vez conseguira reunir inimigos mortais na mesma mesa, sem entretanto chegar a um acordo de paz entre eles. Sua tese sobre a violência era leitura obrigatória nos cursos de sociologia e de relações internacionais das melhores universidades. Nem por isso ele se ofendeu com os conselhos práticos, para neófitos, do manual básico de sobrevivência que o diretor lhe entregara — da utilidade dos lenços higiênicos às amputações e autoamputações, passando pelas "amizades circunstanciais forjadas no medo". Depois de examinar o manual, o Rato sorriu, agradeceu e disse ao diretor que teria tempo de sobra para lê-lo durante o voo. Não dormia em aviões.

9. O dinheiro cabia numa mochila. A soma irrisória do resgate (se comparada com o que países que não seguiam as mesmas diretrizes da agência costumavam pagar por seus cidadãos) se justificava pela inexperiência dos sequestradores e por desconhecerem tanto a identidade do refém como a das pessoas com quem negociavam. "Temos que tirá-lo de lá antes que descubram", o diretor lhe disse na saída. "Não podem desconfiar de um interesse de Estado nem do envolvimento da agência. É aí que você entra. Pode passar por um amigo da família. Mas não se preocupe. Não vai encontrá-lo. Não terá que trazê-lo de volta. Só precisa fazer o dinheiro chegar às mãos certas. Muitas outras mãos estarão estendidas pelo caminho", o diretor completou.

Foi uma despedida estranha. Por mais contrariado que estivesse e por mais que apenas obedecesse a ordens superiores, como dera a entender ao Rato, a determinação do diretor para salvar um homem sobre o qual ele em princípio nada sabia punha em dúvida sua palavra. Volta e meia, morria um funcionário capturado por grupos terroristas, sem que a agência pudesse desembolsar um tostão para resgatá-lo. Meninos e meninas, sequestrados aos milhares, eram estuprados, escravizados e usados em ataques suicidas sem que ninguém oferecesse nada além da boa consciência para salvá-los. Quem era aquele refém em cujo resgate o diretor se engajava pessoalmente, ainda que alegando ter sido forçado por instâncias superiores? O Rato chegou a suspeitar que não houvesse Estado nenhum por trás daquela missão e que o diretor agisse por conta própria, por interesses velados, pessoais. Em outros tempos, teria levado a suspeita adiante. Mas agora nada disso era da sua conta. Assumia a missão numa espécie de torpor que já não lhe permitia questioná-la. Estava anestesiado. Teria que fazer o dinheiro chegar aos homens certos. Teria que achá-los num labirinto de facções inimigas, numa guerra ao mesmo tempo primitiva e tecnológica. "Grupos inimigos tentarão impedir que o dinheiro chegue ao destino. Precisam descapitalizar as facções rivais", o diretor lhe explicara.

A facção à qual ele devia entregar o dinheiro era mais ou menos como todas as outras, embora fosse até então desconhecida. A guerra se resumia a pequenos avanços e recuos na disputa por território, com regras de conduta baseadas na força que o nome de Deus vinha celebrar. Bastava conquistar algumas centenas de metros em território inimigo para se considerar o escolhido de Deus. É lógico que o escolhido de Deus variava muito no decorrer dos dias. Deus era justo. E tinha Deus para todo mundo. "Deus" era a palavra mais ouvida quando os objetivos pareciam dúbios, quando o soldado fraquejava, quando começava a duvidar. Era sempre o nome de Deus que ele invocava para se resguardar das tentações do demônio e da hesitação, para abandonar os maus pensamentos e seguir em frente, matando e destruindo tudo o que não estivesse de acordo com as normas do mundo que ele e os seus pretendiam criar sobre a Terra quando afinal vencessem. Com esse fim, torturavam, estupravam, degolavam, apedrejavam e fuzilavam. Nem sempre nessa ordem, porque alguns, no desespero da fúria, ainda encontravam tempo para violar os cadáveres dos homens e mulheres que acabavam de matar.

10. Como na maioria dos compêndios sobre o assunto, a tese que o Rato escreveu sobre a violência estava recheada de clichês e tautologias, mas pelo menos tinha a vantagem, sobre outros tratados do gênero, de um pragmatismo estoico, reconhecendo que não há vitória definitiva: "A paz é um estado temporário de exceção; é o cansaço da guerra. [...] O homem almeja a paz quando já não aguenta lutar ou enquanto dura a memória do horror, que costuma ser curta e caracteriza a fase gloriosa dos processos civilizatórios fadados a terminar em guerra. Basta dar tempo ao tempo para que, recuperadas as forças, o entusiasmo se transforme em rancor, o homem se esqueça do que passou e se prepare novamente para o ataque exigido pelas circunstâncias de sempre mas que ele verá como novas e inesperadas".

As guerras preventivas seriam, assim, uma impostura, antes de mais nada por representarem uma forma de esquecimento oportunista, por substituírem a memória do horror pelo medo do imprevisível. A hipocrisia era o que restava às grandes potências confrontadas com as próprias contradições no combate à violência. Contra a tortura, torturavam; contra a violência, engendravam mais violência e traíam aquilo que diziam defender. Na modernidade, passaram a atacar não mais em nome de Deus, como no passado, mas em nome dos interesses de um mundo comum, mais livre e mais democrático, e com isso acabaram condenadas a se contradizer e a reproduzir o oposto desse mundo. As milícias religiosas, ao contrário, como bons imbecis com a desculpa de uma reação justa, lutando em nome de Deus, estavam livres das contradições e da consciência da culpa. Acreditavam ou se comportavam como se acreditassem que o mundo organizado por elas seria no mínimo menos hipócrita, graças a Deus. Nunca se disseram contra a tortura e não confundiam a vitória com a paz. Era como se tivessem feito uma leitura seletiva e enviesada da tese do Rato (uma leitura atenta lhes teria confrontado com a ideia desagradável de que Deus é sempre uma estratégia). Os meios que utilizavam para vencer contaminavam toda e qualquer possibilidade de paz, e a paz não era um fim. Para as milícias, o futuro era tão insustentável quanto o presente. Sabiam que o único fim para a guerra era o cansaço. E o cansaço era o verdadeiro inimigo, difuso, humano. Continuavam a combatê-lo, mais do que a um inimigo específico, em nome de Deus, pela lógica da guerra permanente.

A tese do Rato defendia que as guerras pontuavam ciclos paradoxais de depuração civilizatória e esgotamento econômico, no final dos quais picos de crise funcionavam para acirrar, por meio do medo do imprevisível e da intoxicação da lógica, preconceitos e imposturas que já estavam em germe dentro das próprias sociedades, implodindo a razão e o pensamento no que eles podiam ter de mais sutil, de mais civilizado, mas também de mais frágil. A onda de refugiados do Oriente Médio e da África em direção à Europa, por exemplo, que era em última instância resultado da imposição, por potências europeias no final de um período de guerra, de fronteiras nacionais artificiais, sustentadas em seguida por regimes postiços e sanguinários, servia apenas para reinflamar o sentimento nacionalista mais primitivo na Europa, em vez de pôr em questão o próprio ideal de nação e seus males.

Como num círculo vicioso, havia sempre um momento em que o pensamento civilizatório sucumbia a um processo entrópico, bombardeado em seus pontos mais frágeis, em suas dúvidas e contradições, e já não conseguia reagir às crises. Nesse momento, a violência tomava a dianteira como única resposta possível. E, para defender a fragilidade da nação, passavam a recorrer a expedientes típicos de regimes fascistas. O mesmo raciocínio podia ser aplicado a situações mais simples, circunscritas a universos particulares que serviam de microcosmos. O fundamental, em todo caso, é que havia sempre um momento em que a razão fraquejava e desmoronava, bombardeada por todos os lados no que tinha de mais acabado: a dúvida, a reflexão, a hesitação. Nesses momentos críticos, a razão deixava de dar conta das contradições que trazia em si e que tinham se tornado cada vez mais visíveis e evidentes conforme ela também se aprimorava e se afastava da barbárie, até ficar totalmente vulnerável ao oportunismo da brutalidade e às investidas das imposturas, dos sofismas e da burrice, como um corpo indefeso de tão puro. Na barbárie, não há dúvida nem hesitação, segue-se o caminho mais curto.

"E nas sociedades onde havia sacrifício, como entre os maias, e que eram hiperviolentas o tempo inteiro? O sacrifício podia ser uma forma de canalizar e domesticar a violência, mas não diminuía a ferocidade e a selvageria, diminuía? E aí? Pela sua lógica, esses povos eram bárbaros ou civilizados?", a mulher o provocou, depois de ler a tese em primeira mão, incomodada com as contradições do que acabava de ler.

Quando o trabalho foi publicado, não faltaram críticos para apontar os equívocos e acusar o Rato de cinismo, mas foi justamente o pragmatismo de sua visão no combate à violência que acabou lhe valendo a fama e lhe garantindo as graças do meio acadêmico e a ascensão dentro da agência humanitária. Sua mulher estava grávida. Ele não podia estar mais feliz. Mas a felicidade é filha da ignorância, como não cansava de o alertar seu instrutor de tae kwon do na época, com a ênfase dos chavões, para que se mantivesse sempre em guarda. Há sempre felicidade maior em outro lugar e há sempre um momento em que a sorte vira as costas e as ilusões começam a desabar em série, uma atrás da outra. Nessa hora, e se as condições permitirem, é melhor apertar o cinto e tentar assistir à catástrofe com o distanciamento de um espectador, acreditando que o espetáculo, por pior que seja, terá sempre um fim, mesmo se voltar a ser encenado no dia seguinte, dizia o instrutor de tae kwon do, sem saber que resumia, na limitação de suas próprias palavras, a tese do aluno, que dedicara a vida ao estudo da violência.

11. Antes de se despedirem, o diretor lhe explicou que um motorista o estaria esperando no aeroporto, do outro lado da fronteira. O aeroporto ficava a cerca de duzentos quilômetros da cidade, seu destino final. Ele teria de seguir de carro, pagando a cada barreira, para dentro do pesadelo. O pesadelo era um país tomado por uma guerra mutante. Não poderia contar com nenhuma logística da agência no local. Seria mais uma confirmação de que agia por conta própria — por amizade, por exemplo, determinado a salvar um amigo — e que não havia ninguém por trás de seus passos. Era improvável que um enviado da agência pudesse ser o portador de um resgate, sem segurança ou apoio de ordem alguma. Não havia razão para que desconfiassem. O ideal seria que entrasse em contato com os sequestradores logo nas primeiras horas, que eles lhe dessem as instruções necessárias e que ele se visse livre do dinheiro o mais rápido possível. O motorista que o estaria esperando no aeroporto poderia ajudá-lo. Era um homem intelectualmente limitado, mas ligado por laços de parentesco à facção que controlava uma parte oriental da ci-

dade, o que lhe garantia bons contatos. Era um homem barrigudo, com um bigode profuso debaixo do nariz torto e desproporcional, que mais parecia um antolho plantado no meio da cara e que o obrigava a virar o rosto mais do que o normal sempre que olhava para o lado. Tornara-se motorista no início da guerra, por necessidade, para sustentar a família, embora preferisse o trabalho de "agente duplo", que ele podia exercer, segundo seus próprios termos, com a mesma competência que esbanjava na direção. "Agente duplo?", o Rato repetiu, ainda sem compreender se se tratava de uma insinuação, fitando o motorista, que sofria para engatar a primeira. "Traidor", o motorista explicou, sorrindo com uma expressão marota que buscava a cumplicidade, como se de fato insinuasse algo para além da idiotia. O silêncio e as reticências do Rato em relação a todas as suas perguntas bastaram para deixá-lo num estado de irritação mórbida capaz de transformar o arremedo de conversa que mantiveram em seguida, pelas quatro horas de estrada, barreiras e desvios entre o aeroporto e a cidade do outro lado da fronteira, num mal dissimulado interrogatório, enquanto tentava fazer o passageiro confessar, por meio de artimanhas dignas do pior psicólogo, o que provavelmente ele já sabia, o motivo de sua viagem.

Na juventude, quando nem sequer podia conceber que um dia viesse a trabalhar no combate à violência em zonas de conflito, o Rato passara por aquela região, com uma mochila nas costas. Na época, ainda havia ali uma cidade, onde ele foi roubado pelo primeiro homem que conheceu, que lhe ofereceu pouso e que o embebedou. Já não restava nada do que ele tinha visto. Em apenas três anos, a guerra reduzira tudo a ruínas. Era preciso negociar até para atravessar as ruas de escombros e cinzas. Tiveram de pagar nas três barreiras de controle ao longo da estrada e, depois de alguns desvios, nas outras três entre a entrada do centro urbano propriamente dito, embora já viessem flanqueando casebres por mais de meia hora antes de chegar à cidade, e o bairro onde ele ficaria hospedado, no lado oriental, em parte controlado pela facção que, sob o comando de um coronel dissidente, parecia excepcionalmente mais preocupada com resultados estratégicos do que com preceitos religiosos, o que lhe permitia ao mesmo tempo um pragmatismo tático que tornava a inconstância de suas alianças muito pouco compreensível para um estrangeiro. O motorista embicou o carro diante do portão de chapas de ferro de uma casa cercada por um muro ao longo do qual havia espirais de arame farpado. Dois homens armados apareceram para examinar o carro. Fizeram o motorista baixar os vidros, checaram o interior, abriram o motor e o porta-malas, e passaram o chassi em revista, deslizando entre as rodas um carrinho de rolimã com espelho. Só depois de se certificarem de que não havia bombas nem explosivos, franquearam a entrada ao carro. O edifício de três andares devia ter servido de residência para famílias burguesas antes da guerra. Desde então, tinha sido convertido numa espécie de hotel informal. Era ali que ficavam os estrangeiros sob proteção do grupo que controlava uma fração oriental da cidade e que, naquele momento, calhava de não estar em confronto direto com a facção à qual ele devia pagar o resgate. Tudo era muito complicado. E era melhor não procurar entender, até porque no dia seguinte tudo podia se inverter e o esforço acabava dando em nada. Dizer que as duas facções não estavam em confronto direto naquele momento podia significar tanto que passavam por uma trégua circunstancial, que atendia a interesses estratégicos mútuos, quanto que se aliaram no combate a um terceiro grupo, embora antes tivessem sido inimigas mortais e pudessem voltar a sê-lo de uma hora para outra. Aos poucos, o Rato ia se dando conta do óbvio: que era impossível, ao contrário do que o diretor tentara lhe fazer crer com uma história sem pé nem cabeça, que aquela gente não soubesse o que ele estava fazendo ali.

Conforme a consciência da armadilha ganhava terreno, era preciso inventar subterfúgios para distrair o medo. Foi instruído a não sair do hotel desacompanhado, em hipótese alguma. O motorista viria buscá-lo à tarde para levá-lo até um homem que poderia guiá-lo no campo fora da cidade, onde encontraria os sequestradores. Enquanto isso, só lhe restava explorar o quarto a que fora confinado sem que estivesse oficialmente preso. Era um cômodo grande, que servira provavelmente de sala para um dos antigos apartamentos no prédio. Da sacada era possível passar para o quarto vizinho, pela janela, no caso de se precisar de uma rota alternativa de fuga. Como se seguisse à risca as instruções do manual de sobrevivência em zonas de conflito que ele havia lido para se distrair durante o voo e que em outras circunstâncias o teria feito gargalhar, esquadrinhou o quarto, imaginando todas as saídas possíveis para uma variedade de emergências. Além da cama, já posicionada longe da janela como precaução contra eventuais bombas e atentados vindos do exterior, havia um sofá velho, uma poltrona com o estofamento puído e uma mesa de fórmica com duas cadeiras bambas. Erguida no meio do quarto, uma meia parede de cerca de quatro metros de comprimento e dois de altura, não chegando a tocar nem o teto nem as paredes laterais, parecia servir de anteparo entre a janela e a porta de entrada, como um escudo para o hóspede que precisasse se defender tanto de ataques exteriores como dos que viessem do interior do prédio. A porta do banheiro ficava ao lado da porta de entrada, na parede oposta à janela, de modo que aquele anteparo de alvenaria também podia ter a função de preservar a privacidade, impedindo que do quarto se visse o interior do banheiro, mesmo quando a porta do banheiro estivesse aberta. A julgar pelo tamanho, era possível que o banheiro tivesse sido a cozinha da antiga casa. Era um espaço claro, quase do mesmo tamanho do quarto. A luz do dia entrava por uma janela horizontal que rasgava o alto da parede acima da bancada de mármore onde havia duas pias e cujos vidros foscos e sujos de fuligem mal permitiam entrever o exterior. Ele deitou na cama e dormiu antes de poder imaginar outras situações de risco.

12. No ano em que o Rato conheceu a mulher, um grupo de teatro fundado por um ex-colega de faculdade causou sensação no Rio de Janeiro com uma montagem de *Ivánov*, de Tchékhov. Encenada ao ar livre, nos jardins de uma casa que pertencera a uma das famílias mais ricas da cidade e que em seguida servira de embaixada, antes de o Rio deixar de ser capital, a peça teve um efeito deletério sobre os dois — e não apenas pela cena final, quando explode a tragédia das segundas núpcias do protagonista. Assistiram à montagem numa noite de verão. Quase já se chegava ao quarto ato, na cena em que Ivánov discute com a mulher desenganada, logo antes de ela morrer, e a violência do que ele lhe diz ganha proporções descomunais ("IVÁNOV: Cala a boca, pelo amor de Deus! Não respondo mais pelos meus atos… A cólera me sufoca, posso te ofender…/ ANA PETROVNA: Você sempre me enganou, descaradamente, e não só a mim. As ações desonestas que você imputava aos outros, agora eu sei, são todas suas…/ IVÁNOV: Sara, cala a boca, sai daqui, senão é possível que uma palavra me escape! Algo em mim quer me fazer dizer coisas terríveis, quer te xingar… (*não se contendo, ele grita*) Cala a boca, judia filha de uma puta!…"), quando uma tempestade desabou sobre a cidade e por uma hora, enquanto a chuva não passa-

va, a peça foi interrompida e os espectadores se recolheram ao redor de um bar improvisado num dos salões da casa. Quando voltaram a seus lugares na plateia e os atores retomaram a cena entre as árvores cujas folhas agora resplandeciam como centenas de luzinhas sob os holofotes, eles já não eram os mesmos. Não só o Rato e a mulher. Provavelmente, nenhum daqueles espectadores voltou à plateia como antes da chuva. O Rato chorava, enquanto Ivánov repetia: "Sou culpado! Como sou culpado!", diante da mulher morta, depois de ter lhe revelado com uma crueldade insana, sem que ela fizesse a menor ideia daquilo e sem que tivesse perguntado coisa nenhuma, como se a um só tempo ele desferisse a primeira estocada e o golpe de misericórdia, o que o médico lhe dissera horas antes: que os dias dela estavam contados.

Um amigo de Tchékhov que o visitou na época em que ele escrevia a peça disse ter ouvido do dramaturgo que "há milhares de Ivánov... Ivánov é o homem mais normal do mundo, nada a ver com um herói... E é isso, justamente, o mais difícil". O Rato nunca tinha pensado que houvesse milhares de Ivánov no mundo, mas, como se o buscasse inconscientemente desde então, terminou por encontrar pelo menos um.

13. "Ivánov é o típico sedutor. Não ama ninguém além de si mesmo", a mulher lhe disse no carro, quando voltavam para casa, depois da peça.

"Não, é diferente! Ele sabe que é pusilânime e diz que é culpado, o tempo inteiro. Ele assume a culpa, tem consciência de suas ações, não está escondendo nada, não é o sedutor típico", o Rato reagiu, em defesa do personagem, como se protegesse um amigo ou a si mesmo. Como Ivánov, ele pressentia, ainda que sem a mesma clareza, sem poder dizer mas também sem poder evitá-lo, que amar pudesse impor o revés do amor, o mal que o amor pretendia em princípio evitar.

"Você não entendeu nada. Quando ele se diz culpado, não está assumindo culpa nenhuma, ao contrário. Quando ele diz que é culpado, está se eximindo da culpa. E está se pondo no centro da ação. Ele diz, porque não sofre a culpa. Só pode dizer que é culpado porque no fundo não sente culpa nenhuma. 'Sou culpado' é a frase perfeita, automática e vazia do irresponsável; é seu álibi, sua desculpa, além de ser uma contradição em termos. É a frase que define quem tem da culpa uma compreensão exterior, intelectual. O que ele está dizendo é: 'Não posso fazer nada; estou condenado a ser monstro; faz parte da minha natureza, que eu não posso contrariar'. O amor que ele diz sentir pelos outros tem perna curta e termina sendo um enfado, porque está sempre aquém do amor que ele sente por si mesmo. E o amor dos outros por ele é a própria banalidade, o próprio lugar-comum, porque é natural, ele espera que todo mundo o ame, claro, já que encarna o sedutor por excelência. É impossível não amá-lo, você entende? Ele só pode amar uma mulher enquanto não tiver certeza de que ela lhe corresponde, enquanto ela guardar algum mistério, alguma opacidade, enquanto ela não sucumbir à banalidade de amá-lo como todas as outras, enquanto ela não cair no lugar-comum de se declarar, na vulgaridade de tornar transparentes os seus sentimentos. Ele é só a depuração mais extrema do que acaba se reproduzindo em maior ou menor grau em todo mundo. Somos todos mais ou menos Ivánov", a mulher lhe disse, exaltada.

"É triste."

"É claro que é triste. É uma tragédia e é um inferno pra ele também, mas é muito pior para quem se envolve com ele, você não acha? E é claro que ele tem consciência de tudo, mas isso não o exime da responsabilidade, como ele quer fazer crer com aquela frase patética: 'Como sou culpado!'. Lembra a hora em que ele diz: 'Infeliz daquela que respeita e ama gente da minha laia'? Lembra?"

"Ele não diz isso."

"Diz, sim."

"Não, ele diz que não compreende o que acontece em seu próprio coração."

"É fácil dizer. E é ainda mais fácil que ele chore por não compreender. É a reação do irresponsável. Pra ele, suas ações são irretratáveis. E sabe por quê? Porque ele não atribui realidade ao outro. O mundo inteiro se resume a ele mesmo, seja em suas paixões incipientes, seja no enfado que vem logo depois, sempre. É como se não houvesse exterioridade, você não vê? É tudo ele. Uma hora ou outra, tem que perder a graça, é óbvio. Ninguém aguenta tanto de si mesmo, a menos que seja realmente limitado. E ele não é burro, em princípio. Ele se mata como Narciso se jogando no lago, só que de enfado, de cansaço de si mesmo."

"Eu não tinha visto as coisas por esse ângulo", o Rato transigiu, enfastiado com a discussão, subindo com o carro na calçada para entrar na garagem do prédio.

"Não existe outro ângulo", a mulher continuou. "Todo mundo olha para si mesmo, até não aguentar mais."

14. No aniversário de oito anos da filha (alguns meses depois de o Rato e a mulher terem se separado), a menina lhe perguntou pela primeira vez quando é que eles iam voltar a viver juntos. Não passaria pela cabeça da filha perguntar ao pai o motivo da separação. Já naquela idade ela sabia que perguntas fazer. Não

foi por razões ideológicas ou morais que ele demorou a ter filhos. Não era do tipo que repetia as arengas habituais contra a reprodução da espécie, enquanto seguia desfrutando o melhor da vida. Nunca condenou ninguém por ter posto mais uma criança neste mundo de mazelas e infelicidades. Quando afinal a mulher engravidou, foi ele quem insistiu para que ela levasse a gravidez até o fim. Ela já tinha feito um aborto, logo quando se conheceram, por consideração a ele, que na época não queria filhos. E desde então ele se sentia em dívida.

"Que sorte vocês terem desistido de me dar um irmãozinho. Já pensou? É verdade que os meninos que crescem longe do pai acabam virando menina?", a filha perguntou, e, antes que o pai pudesse lhe dar uma resposta ou perguntar onde é que ela ouvira aquilo, correu até uma barraquinha (estavam num antigo parque de diversões, à beira do rio, no que fora Berlim Oriental antes da queda do Muro) e pediu uma maçã do amor.

Bastou a menina começar a falar coisas um pouco mais articuladas, por volta dos cinco anos, para pai e filha entrarem numa interlocução neurótica, de sedução mútua, que costumava constranger as pessoas desavisadas. O Rato se comportava com a filha como se tivesse a idade dela. Imitava-a quando ela chorava ou quando fazia manha. Mesmo em tom de brincadeira, ele a torturava, como um espelho ambulante. Conhecia os pontos fracos da menina e a provocava como um coleguinha superdotado a teria provocado a cada repetição de um gesto ou de uma reação conhecida. E, inadvertidamente, como a maioria dos pais, acabou lhe ensinando a dar o troco na mesma moeda. Para se defender, a filha desenvolveu uma percepção tão penetrante do pai, que era capaz de expressar os desejos dele antes mesmo de ele abrir a boca. Volta e meia, ela o desarmava com suas perguntas e conclusões, como aquela sobre o filho virar menina longe do pai. Viviam em pé de guerra psicológica, como um casal de torturadores a se exercitar um no outro.

* * *

15. O Rato acordou com alguém batendo na porta. Demorou uns instantes até entender onde estava. Era o motorista que vinha buscá-lo. Disse que era mais seguro e mais prático irem a pé até a casa do guia, por mais absurdo que pudesse parecer. Não era longe. A distância parecia maior do que era na realidade, graças à impressão distorcida que se tem ao percorrer um caminho pela primeira vez. E os desvios entre os escombros só faziam aumentar a sensação de labirinto. Ele se espantou quando o motorista, depois de pensar um pouco, respondeu que, em linha reta, a casa do guia ficava a menos de um quilômetro do hotel. Já estavam caminhando fazia vinte minutos. O guia morava num quarto nos fundos do pátio de um edifício cuja fachada ruíra, expondo os cômodos como uma casa de bonecas. Era um homem repulsivo. Assim que o Rato o viu e antes de poder retroceder, o motorista lhe adiantou que não tinha escolha. Era pegar ou largar. Não haveria outro guia disponível nas semanas seguintes. O Rato revelou o mínimo necessário para que o guia entendesse o que ele, Rato, vinha fazer naquela cidade, onde ninguém queria estar: precisava de alguém que o levasse com segurança até um lugar fora da cidade, que ele desconhecia. Se tudo corresse bem, devia receber nas horas seguintes as coordenadas desse lugar. Poderiam segui-las por GPS na manhã seguinte. O guia perguntou por que ele precisava de um guia se tinha um GPS. A pergunta era retórica, porque era um homem desagradável e sabia que não podiam contar com as estradas. O GPS podia lhes dar o destino, mas não garantia o percurso até lá. O Rato precisava de alguém que conhecesse o terreno. A resposta estava dada em seu silêncio.

No meio da tarde, protegido da luz exterior pelas persianas abaixadas até a metade das janelas, ele recebeu afinal uma mensagem com as indicações do lugar onde deveria deixar o resgate, fora da cidade. Eram apenas os números e as letras de uma abstração, a latitude e a longitude, sem nenhuma referência física. A garantia de que estava tratando com as pessoas certas vinha na forma de uma senha com a qual os sequestradores assinavam a mensagem. Foi a primeira coisa que lhe veio à cabeça quando o diretor lhe pediu uma palavra que não se referisse diretamente à ação, para que pudesse reconhecer seus interlocutores: Ivánov. A mensagem dizia ainda que, se partisse de manhã bem cedo, antes do nascer do sol, com um guia experiente, poderia estar de volta à cidade no início da tarde, a tempo de atravessar a fronteira antes do cair da noite e nunca mais voltar ao país. A frase deveria soar como ameaça, mas teve o efeito derrisório da farsa, supondo que tudo o que ele mais queria fosse ficar ali, no inferno, para sempre.

16. Ele já estava esperando fazia quase uma hora quando o motorista chegou para buscá-lo, no dia seguinte. "O sol já nasceu. É a melhor hora", o motorista disse, na maior cara de pau, como se não estivesse atrasado. Assim que saíram do prédio, o motorista se interpôs no caminho do Rato e arrematou, com circunspecção e solenidade, como se anunciasse um desastre, que todas as precauções haviam sido tomadas, não era preciso se preocupar com mais nada, não teriam nem mesmo de buscar o guia. O guia já estava no carro quando o motorista abriu a porta traseira para o Rato. Estava sentado no banco da frente, no lugar do passageiro. Usava óculos escuros e mal se mexeu quando o Rato e o motorista entraram no carro. O que deixou o Rato de mau humor foi menos o fato de ter de ir no banco de trás do que não ter ocorrido ao guia sair para cumprimentá-lo e eventualmente lhe oferecer o banco da frente, do qual ele poderia abrir

mão com sua natural gentileza. Ir atrás sem direito de escolha confirmava a vulnerabilidade da qual ele tentava se desvencilhar do jeito que dava e que só o fazia se sentir ainda mais refém quando na verdade estava ali para pagar um resgate.

O caminho para fora da cidade seguia o roteiro estabelecido pelo motorista na véspera e passava apenas por ruas controladas pela facção do ex-coronel a quem ele respondia. O motorista disse que servira no exército quando o coronel ainda era sargento. Em princípio, não corriam o risco de deparar com nenhum contratempo. "Risco sempre há", o motorista completou, quase meia hora depois de ter dito que todas as precauções foram tomadas, enquanto acenava para um vulto em cujo ombro havia uma kalashnikov pendurada, entre os escombros à saída da área urbana. Em vinte minutos estavam numa planície pedregosa e árida como a superfície da Lua. Saíam de uma paisagem desolada para entrar em outra. Assim que perderam de vista a cidade, os ouvidos do Rato começaram a zumbir, como se um alarme tivesse sido disparado. Nessa hora, como se também tivesse o dom da sincronia, o guia, que até então se mantivera calado, começou a falar. Estava em seu habitat. Era o que ele dizia. Fora criado no campo, sentia-se em casa. Respirou fundo para expressar seu bem-estar, como se adentrasse o ar puro de uma floresta nas montanhas. Deu a entender que conhecia o caminho das pedras. As pedras eram justamente o problema. O motorista seguia por desvios, já que vários trechos da estrada tinham sido bombardeados e estavam interrompidos. Por um instante, o Rato temeu ser a única vítima daquela aventura. Por um instante, suspeitou que estivesse sendo sequestrado. Depois de alguns minutos de tensão, tomou coragem e repetiu o que já ficara claro pela voz irritante do GPS a anunciar que estavam se afastando do objetivo. "É para a esquerda." O guia o ignorou. O motorista também. Como se não o tivesse ouvido, o guia sussurrou ao motorista uma pergunta ininteligível. O motorista procurou um botão no aparelho pregado no para-brisa e desligou a voz do GPS. "É para a esquerda", o Rato repetiu do banco de trás, nem que fosse para lhes permitir que assumissem de uma vez por todas o sequestro, se é que o sequestravam. Irritado, o motorista lhe explicou que o problema eram as pedras. Não era possível seguir em linha reta. Não era possível virar à esquerda. Era preciso desviar-se das pedras. Não havia caminho em linha reta. De certa forma, sua impaciência era mais tranquilizadora do que o que ele dizia. A irritação do motorista dava à situação uma normalidade que o Rato não conseguia imaginar num sequestro. E, se estivesse sendo sequestrado, já não teria razão para não saber. (Enganava-se em ambas as conclusões, embora não estivesse sendo sequestrado.) A menos que eles tivessem sido contratados para entregá-lo a outra facção e preferissem evitar dramas e contratempos de percurso, ele pensou, enquanto o guia e o motorista davam início a uma conversa que podia versar sobre tudo e nada, Deus, armas, mulheres ou o que pretendiam fazer com ele (ou com o que sobrasse dele) depois de lhe extorquir o dinheiro do resgate.

"É aqui", disse o motorista, meia hora depois.

Não havia nada nem ninguém em lugar nenhum. Apenas um imenso pedregulho caído como um meteorito sobre a superfície lunar. O guia desceu do carro e examinou o local, sem muita convicção, enquanto o Rato hesitava em abrir a porta e descer. O guia olhava alternadamente para o horizonte e para a rocha. "Não, não é aqui", o Rato disse, enfático, baixando o vidro do carro, depois de pedir ao motorista que lhe entregasse o GPS. A essa altura, a irritação já vencera o medo. O Rato estava irritadíssimo. "É aqui", o guia garantiu, dirigindo-se ao motorista, na

45

língua deles mas com a entonação necessária para que o Rato, sentado no banco de trás, compreendesse que estava sendo desafiado. "Não, não é", o Rato respondeu, também usando o motorista como intermediário, quando este lhe assegurou que o guia era bom. "As coordenadas podem não ser as mesmas, mas a pedra é esta", o motorista insistiu. "Como, a pedra é esta? Que pedra? Quem falou em pedra?", o Rato disse, e saiu do carro. "Se ele está dizendo, é porque é. Ele conhece o terreno. Sabe qual é a pedra", o motorista prosseguiu, deixando-se trair por uma ponta de hesitação.

O Rato começou a desesperar: "Ninguém mencionou pedra nenhuma. Deram apenas as coordenadas".

"E você estava pensando em deixar o dinheiro ao vento? Ele sabe qual é a pedra a que eles se referiam quando deram as coordenadas. É claro que eles falaram de uma pedra. Sem falar. É um código. Não tem nada a ver com latitude e longitude. É por isso que ele está aqui, senão poderíamos ter vindo só com o GPS. É esta a pedra." Mal terminara a frase, o motorista entendeu, pelo espanto do Rato, a gafe que tinha cometido ao mencionar o dinheiro, enquanto o guia, ainda olhando para o horizonte, como um camelo, fingia não acompanhar o que diziam. O Rato hesitou antes de responder. Não queria se comprometer ainda mais: "Não vou deixar nada debaixo dessa pedra".

"Entretanto, é a boa pedra", o motorista disse.

"As coordenadas não são as boas, não é aqui."

"É aqui", o guia rebateu, entrando na discussão, peremptório: "É aqui que você deve deixar o dinheiro".

Seguiu-se um momento de silêncio. Mais desconfiado do que nunca mas já sem cara para continuar blefando sobre o óbvio, escondendo o que trazia na mochila, o Rato declarou que não havia a menor possibilidade de deixar o dinheiro ali, debaixo daquela pedra que não correspondia às coordenadas que lhe mandaram na véspera. Não deixava de ser um ultimato para que o motorista e o guia enfim revelassem suas verdadeiras intenções, se é que pretendiam fugir com o dinheiro, sequestrá-lo ou entregá-lo a outra facção. Mas agora era o guia quem estava determinado a convencê-lo. Repetiu em inglês o que dissera o motorista, também em inglês: que o que as coordenadas realmente indicavam não tinha nada a ver com o que pareciam indicar. "Parece difícil, mas é simples. Somos de outra cultura", o motorista interveio, criando um novo momento de silêncio e perplexidade. "Podemos ter uma percepção diferente do mundo. Podemos parecer simplórios. Mas também trabalhamos com códigos secretos, como vocês", o guia concluiu, e o exortou a espiar o buraco atrás da pedra. O Rato titubeou por uns segundos. Suspeitou que quisessem matá-lo atrás da pedra. Acabou cedendo. Afinal, se quisessem matá-lo, que diferença faria se fosse na frente ou atrás da pedra? O buraco tinha um metro de profundidade por dois de diâmetro. "Eles cavaram para nós, só precisamos deixar o resgate aí dentro e cobrir com a pedra", o guia explicou, satisfeito com o que lhe parecia a prova irrefutável mas à qual, ainda agarrado ao GPS, o Rato tentava resistir com um sorriso sarcástico. E antes mesmo de ele poder formular a pergunta seguinte, que já estava na ponta da língua e com a qual pretendia acompanhar o sorriso sarcástico, o motorista lhe respondeu: "Como? Empurrando, ora".

Se ele não riu, era porque não tinha graça. E diante do silêncio do guia e do motorista, que esperavam sua reação, o Rato terminou tendo uma síncope: "Nada", ele reiterou, "nada neste mundo, vai me fazer deixar esse dinheiro aí". "E fazemos o quê?", o motorista perguntou. "Voltamos pra cidade?" Confrontado com uma pergunta objetiva e simples, o Rato já não sabia o que dizer. Gaguejou antes de propor que fossem até o lugar indicado pelas coordenadas que ele recebera na véspera.

"Aqui?", o motorista perguntou, quinze minutos depois, sem se dar o trabalho de desligar o motor. Estavam no meio do nada, a oito quilômetros de onde estiveram antes, e agora não havia nem pedra nem buraco. Não havia nada. O que eles chamavam de campo era um chão de terra batida, o lugar mais inóspito em que ele já havia pisado. Só ele desceu do carro, por teimosia. O horizonte era indefinido, borrado, fora de foco. "Aqui?", o motorista repetiu.

17. Em menos de uma hora, o Rato estava de volta ao quarto de hotel. Queria uma mensagem clara dos sequestradores, antes de retornar à pedra (ou aonde quer que fosse) no dia seguinte. Exigia a confirmação de que a pedra era o lugar marcado e que as coordenadas eram na verdade um código, antes de se render ao que diziam o guia e o motorista. Estava claro que, como os sequestradores só podiam se comunicar através de códigos secretos, por medida de segurança, a confirmação que ele exigia teria de indicar outro lugar e talvez outra pedra, a qual tampouco estaria no lugar em princípio indicado pelas novas coordenadas que só o guia saberia ler. Foi o que o motorista lhe explicou, tentando fazê-lo entender que, mesmo entre os "mais selvagens", as coisas nunca são simples. "Mas, se é mesmo um código secreto, como é possível que você e o guia o decifrem com tanta facilidade?", o Rato rebateu, chegando ao cúmulo da exasperação.

No fim da tarde, duas horas depois de enviar uma mensagem aos sequestradores explicando a situação e exigindo a confirmação do local onde deveria deixar o resgate, ele recebeu novas instruções. Podia dispensar o motorista e o guia. Um homem de confiança (mas não o suficiente para receber o dinheiro em mãos) viria buscá-lo na manhã seguinte para levá-lo ao novo local onde ele deveria deixar o resgate. Os sequestradores temiam uma emboscada se viessem receber o dinheiro na cidade. E, enquanto não o recebessem, a responsabilidade e o risco eram do pagador.

O novo motorista passou para pegá-lo às cinco e meia, como combinado. Dessa vez, pelo menos, não houve atraso. Era um homem franzino, com ar doentio e os cabelos ralos, cinzentos. "Aonde é que estamos indo?", o Rato perguntou apreensivo quando entendeu que estavam fora da zona controlada pela facção do ex-coronel do exército. O motorista sorriu ao notar a inquietação do passageiro: "Não se preocupe. As alianças aqui mudam da noite pro dia. Houve um remanejamento estratégico. Por enquanto, não é nada extraordinário, mas aconselho o senhor a sair da cidade assim que voltarmos, para sua segurança. Posso levá-lo até a fronteira antes do pôr do sol, mas vai lhe custar mais quinhentos dólares". Quinhentos dólares?! "É o preço da lotação de cinco pessoas. O senhor vai sozinho. Até lá, temos tempo para decidir. Estamos indo para o lado oposto ao da frente de combate. Hoje está tudo calmo por aqui. O rapaz que vai nos acompanhar vive onde antes moravam os ricos. Não fica longe. Não estranhe. É um estrangeiro. Os estrangeiros que vêm lutar aqui são incumbidos de matar seus compatriotas. Não vamos sujar as mãos com trabalho porco. Não somos infiéis. Deixamos aos estrangeiros o serviço porco. Chegam aqui cheios de entusiasmo. E são os primeiros a se inscrever na lista de kamikazes."

* * *

Em quinze minutos, desviando-se das crateras na estrada que seguia em linha reta por entre casebres cada vez mais dispersos conforme eles adentravam a zona rural, chegaram ao portão do antigo condomínio de luxo, cortado por um córrego cuja margem era um pouco mais verde que a paisagem ao redor. As guaritas bombardeadas já não serviam para nada, assim como o muro que antes cercava o condomínio e agora estava coalhado de brechas que permitiam a passagem não só dos ratos, que corriam entre os montes de tijolos, mas de quem mais quisesse entrar. Já não havia necessidade de segurança. O motorista falou da "tomada do condomínio" com um sorriso jocoso. "Quando os jihadistas chegaram, as casas já estavam abandonadas. Não tinha ninguém. Não precisavam ter derrubado muro nenhum pra entrar. Podiam ter passado pelos portões, como gente civilizada, mas estão acostumados a entrar à força. É gente muito apegada aos costumes e às tradições."

As casas, sempre no mesmo estilo, como se faltasse imaginação aos antigos moradores, todas mais ou menos bege, com pequenas variações de tamanho, foram construídas, segundo o motorista, à imagem dos subúrbios ricos das cidades americanas. Algumas conservavam os muros altos que em outras foram reduzidos a pó. Não havia ninguém nas ruas. O motorista tomou uma rua à esquerda, saindo da principal, e parou diante de uma casa de dois andares. O gramado e a piscina vazia podiam ser avistados do lado de fora, pelas fendas no muro. Desligou o motor e pediu ao Rato que o acompanhasse. Os dois seguiram pelo gramado, ao longo da piscina em que restava apenas uma poça de água encardida na parte mais funda. Foram até a porta de vidro da varanda onde uma mulher coberta com um nicabe preto, apenas com os olhos à vista, esperava-os com um bebê chorando num ombro e uma kalashnikov pendurada no outro. "Sejam bem-vindos! Desculpe não recebê-los na entrada principal, mas os donos levaram a chave e nós preferimos não arrombar a porta para não estragar a fachada", ela disse num inglês fluente, com sotaque londrino e uma inflexão ligeiramente vulgar, para em seguida, depois de estender a mão para os recém-chegados, cair num silêncio desconfiado, que durou o tempo de perscrutá-los com os grandes olhos azuis que a fresta estreita do nicabe deixava à vista. Era bastante jovem. "Ele está lá em cima, passando mal", ela disse a respeito do marido, com desprezo e irritação, quando voltou a falar. "É a água. Quer participar numa guerra santa, mas não aguenta nem tomar a água do lugar! Deus seja louvado! Vamos entrando, por favor. Os cinegrafistas acabam de sair." Os cinegrafistas? Por um instante, o Rato entrou em pânico. "Vieram fazer um vídeo, como os do Estado Islâmico", a mulher disse, altaneira, o som de seus passos sobre o piso de mármore ecoando pelo salão vazio. "Já não era sem tempo. O que nos falta é uma estratégia de marketing como a deles."

Seguiram até o hall de entrada e subiram as escadas. O bebê continuava a berrar num dos ombros da mãe, enquanto ela subia os degraus, com a kalashnikov balançando no outro. Era uma escada de mármore bege, em espiral, que se despejava como a cauda de um vestido de noiva no hall do andar térreo. Tudo na casa era bege. Não havia mobília. No vestíbulo que precedia os quartos, no andar de cima, outra kalashnikov repousava sobre um tapete. Ouviam-se os gemidos abafados e distantes de um homem que vomitava. "Esperem aqui", a mulher disse, exasperada, abandonando o bebê e a arma que trazia no ombro sobre o tapete onde já estava a outra kalashnikov. "Já volto", ela lhes assegurou, antes de desaparecer pelo corredor que levava aos quartos. Parecia decidida a tomar as rédeas da situação. O bebê parou de chorar, entretido com as duas kalashnikovs emparelhadas, sobre as quais engatinhava. Em segundos, o Rato e o motorista ouviram a mulher discutindo com o marido, cuja voz, entretanto, não chegava até eles. "Ele já vai", ela gritou lá de dentro, dando sua missão por encerrada. Voltou ao vestíbulo a tempo de pegar o bebê que, na extremidade do tapete, se encaminhava para a escada e pô-lo de volta no chão, longe da escada. E aí o ignorou. Parecia indiferente ao risco. Já não tinha olhos para a criança. Os grandes olhos azuis que se mostravam pela fresta estreita do nicabe agora estavam vidrados nas duas kalashnikovs, como se a visão das armas emparelhadas sobre o tapete tivesse despertado de repente uma lembrança antiga ou deflagrado um surto de ausência. Ela estava hipnotizada. Nem o Rato nem o motorista sabiam como reagir diante da indiferença da mãe para com a criança que se encaminhava novamente para a escada. O marido apareceu para resgatar os dois do constrangimento, e o filho da queda. Pegou o menino no colo — a criança voltou imediatamente a chorar — e insistiu que os visitantes se acomodassem. Era um rapaz triste, muito pálido e abatido, com os cabelos escuros, despenteados, à altura dos ombros e a barba por fazer. Era a parte fraca do casal. Disse que era sueco, filho de uma dinamarquesa e de um imigrante líbio. Nascera num subúrbio de Estocolmo. A mulher continuava em pé, paralisada, fitando as duas kalashnikovs, depois de todos já terem ajoelhado sobre o tapete. "Minha kalashnikov é melhor que a sua", ela disse afinal ao marido, num tom solene que lhe dava ares de ter entrado em surto psicótico ou transe hipnótico. "Não, a minha é melhor", o marido retrucou, automático, sem vontade nem convicção, tentando ao mesmo tempo calar o choro da criança, como se já esperasse aquela frase da mulher, para a qual não havia outra resposta possível. Seguiu-se uma disputa estranhamente fleumática, como se no fundo não lhes dissesse respeito e estivesse reduzida à repetição de frases que não chegavam a lugar nenhum mas que preenchiam o silêncio e lhes davam um ritmo de vida em comum. Era um jogo cujos movimentos o casal parecia ter decorado em suas horas mortas e cujas respostas se sucediam sem nenhum sentido para além da lógica circunscrita de um passatempo. A criança berrava mais forte do que nunca, esforçando-se para se desvencilhar dos braços do pai e retomar o caminho da escada. "A minha é menor e por isso mais confortável, se adapta melhor ao ombro", a mulher insistiu. "A minha é mais potente, de maior alcance", o marido respondeu. A disputa era como uma muleta à qual recorriam, mesmo diante de estranhos, para fingir a normalidade de uma vida conjugal a que estavam condenados por comprometimento com uma guerra cujos caminhos eram difíceis de entender sobretudo para seres inteligentes e informados. Não tinham mais nada a dizer entre si. O jogral foi interrompido como por encanto, quando o rapaz aproveitou uma hesitação da mulher para lhe devolver a criança e revelar — na verdade, como se lhe pedisse permissão — que teria de sair com os dois visitantes e que não tinha hora para voltar. "Faça o que for preciso. É o nosso dever. Estamos aqui para combater os infiéis. Lutamos para conhecer um mundo melhor depois deste. Quanto mais cedo conquistarmos nosso direito ao Paraíso, mais teremos para desfrutar. Volte na hora que quiser. Mas cumpra o seu dever sem piedade e sem trégua até…", ela desatou a falar, depois de ter recebido a criança, e aí usou um termo árabe que o Rato não compreendeu. Ele se virou desamparado para o motorista e o motorista lhe murmurou: "Ela está se referindo ao dia em que a morte dele for anunciada pelos superiores, provavelmente quando receberá uma missão suicida, já que por ora está impossibilitado de lutar. Por enquanto, ainda deve ser de alguma utilidade vivo".

"Vou acompanhar os dois, mas volto", o rapaz esclareceu à mulher, aproveitando que ela saíra do transe e sacudia o bebê freneticamente, como se aquele movimento fosse um tique, tentando fazê-lo parar de chorar. "Ah", ela exclamou decepcionada, sempre com o bebê urrando no ombro. E, se o Rato entendeu bem, a decepção tinha a ver com o fato de o jovem marido não correr nenhum perigo de vida naquela missão, que a morte e o Paraíso ainda teriam de esperar, não eram para aquele dia. Estava claro que já não se suportavam. Tinham sido esquecidos. Não podiam ficar nem mais um dia juntos.

"Há quanto tempo estão aqui?", o Rato perguntou.

"Nesta casa?", ela disse, nervosa, sem disfarçar o desprezo pelo marido que se dobrava de novo sobre si mesmo, em mais uma contração, contendo o gemido com uma careta.

"Não, aqui, neste país."

"Faz dois anos. Mas só conseguimos esta casa este ano. Não é ótima? É um pulo até o mercado. Tem um comércio bom aqui perto. Temos carro. Sou eu que dirijo. Nossa vizinha Adma vem sempre comigo comprar homus. Ela não sabe dirigir. O marido dela foi para o Paraíso faz três meses, enquanto o meu continua aqui. Dou carona pra ela. Ela me ajuda muito, tenta me acalmar, diz que nossa hora também virá, que só preciso ter um pouco mais de paciência. Eles mandam pra cá quem está prestes a ir para o Paraíso. E nós estamos esperando faz meses! Por que nos deixam tanto tempo esperando? Tenho fé que Deus não se esquecerá de nós. Vocês, ocidentais, ficam dizendo isso e aquilo da nossa vida, que não temos nada pra comer, que comemos areia do deserto. Ficam dizendo isso e aquilo sobre a submissão da mulher. Se fosse verdade, eu não estava aqui. Não sou mulher de obedecer ordens. Não está vendo? Sou eu quem manda na minha vida. Somos privilegiadas", disse, como se ainda falasse para as câmeras. E arrematou: "Mas vou dizer uma coisa que eu não sabia até vir morar neste condomínio: a vida não está fácil nem para os privilegiados".

*   *   *

"Adma é poeta", o marido achou por bem intervir, fazendo referência à vizinha, já recuperado da crise gástrica.

"Os versos dela lembram os de Ahlam al-Nasr. Mas são menos engessados. Vocês conhecem Ahlam al-Nasr, claro. Os versos de Adma são mais livres, mais modernos. Ahlam al-Nasr está presa às formas clássicas. A sorte dela foi ter se casado com um dos líderes do Estado Islâmico. Se Adma tivesse se casado com um dos líderes do Estado Islâmico, tenho certeza de que vocês já teriam ouvido falar nela. É uma poeta de mão-cheia", a mulher esclareceu sobre a vizinha, companheira de mercado, antes de completar: "Foi Adma quem viu Bouchra queimar o Corão e a denunciou".

O Rato, que já não prestava atenção em nada, ficou paralisado. "Que Bouchra?" A mulher se espantou com a pergunta dele. "Como, que Bouchra?!" Todo mundo sabia quem era Bouchra. O vídeo de uma multidão de homens espancando, apedrejando e filmando com seus celulares a menina coberta de sangue, que se levantava e tentava fugir até não ter mais forças e rolar inconsciente por uma escada de pedra, circulara um ano antes na internet. Alguns sites ocidentais reproduziram o vídeo, alertando sobre a violência das imagens. Bouchra tinha sido visitada por um jornalista americano logo depois de ter perdido a família durante o bombardeio ocidental de uma área em disputa por grupos rebeldes. O Rato sabia muito bem quem era Bouchra.

"Essa mesma, a infiel, amiga dos americanos", a mulher respondeu. "Viviam no mesmo bairro. Adma denunciou o sacrilégio antes de vir para cá. Chegou aqui com as melhores referências. É uma mulher íntegra. Nem assim passaram a prestar mais atenção na poesia dela. Ela não é dessas vendidas que andam por aí dizendo o que as pessoas querem ouvir. Adma pensa e diz o que ela pensa, de acordo com o Profeta, doa a quem doer. Você devia dar uma olhada na internet. Adma Omran. Você vai ficar impressionado com os versos dela."

18. "Se fôssemos o Estado Islâmico, não estaríamos nessa merda, tendo de contar com a migalha de resgates", o rapaz desabafou, debruçado na janela de trás, entre uma golfada e outra pelo campo. "Não foi pra isso que viemos lutar." Achava que o Estado Islâmico fosse tomar tudo, "porque são inteligentes, sabem administrar as contas, extorquir, taxar e roubar como nenhum outro grupo insurgente. Se os ocidentais querem mesmo acabar com o Estado Islâmico, por que continuam a nos atacar? Hipócritas. Tudo na vida é oportunidade. Eu devia ter entrado pro Estado Islâmico na hora que percebi que isso aqui não ia dar certo. Agora é tarde".

Tiveram de parar três vezes para o rapaz cagar antes de chegarem à nova pedra. Era um pouco menor que a da véspera e se encontrava numa situação um pouco diferente, um corpo estranho perdido num raio de dezenas de quilômetros de estepe, sem nenhuma outra pedra.

"É aqui", o rapaz disse. E, ao notar o desespero no rosto do Rato, arrematou: "Na verdade, tanto faz onde você vai deixar o resgate. Eles podiam ter nos roubado na vinda. Estão em toda parte. Se você não quiser deixar aqui, tudo bem, eles nos interceptam na volta e ainda podem dizer que nunca receberam dinheiro nenhum. Que é que você prefere?".

A maior diferença em relação à pedra da véspera era que não havia buraco ao lado daquela. O Rato teve de cavá-lo com o motorista, já que o rapaz não estava em condições de fazer coisa nenhuma. Continuava vomitando e cagando. O motorista entregou ao Rato uma das pás que acabara de tirar do porta-malas. Enquanto os dois cavavam, o jihadista tentava remendar, arrependido, o estrago causado pelo seu desabafo, exaltando as vitórias recentes da facção à qual pertencia. Poucos dias antes, aproximaram-se de um sítio histórico milenar: "Vocês, no Ocidente, se escandalizam quando destruímos uma estátua ou um templo pagão, mas não dizem nada quando soterram milhares de civis, mulheres e crianças, sob os escombros e o fogo de suas bombas. Nós achamos que a vida vale mais do que um punhado de estátuas pagãs".

O Rato ouvia em silêncio. Continuava cavando. O rapaz seguia seu raciocínio: "Vocês se perguntam: que é que esses bárbaros querem quando derrubam todos esses tesouros da humanidade? Que é que eles ganham destruindo um patrimônio da humanidade? Me admira que pessoas inteligentes façam esse tipo de pergunta. É mesmo tão difícil compreender? Ou será que o racismo não permite ver que uma vida vale mais que uma estátua? Ainda que seja uma vida escura, negra. Aposto que você não pensaria duas vezes antes de derrubar quantas estátuas fosse necessário para salvar a vida do seu filho. Pensaria?".

O Rato continuava a cavar.

"Diga lá. Entre seu filho e um patrimônio histórico da humanidade, com qual você ficava?", o rapaz mal terminara de formular a pergunta e já estava de novo curvado sobre si mesmo, vomitando.

Por um instante, o Rato fez uma pausa, parou de cavar e levantou os olhos para o céu cinza, da cor da terra. A situação era ridícula. O suor lhe escorria pelas têmporas. Ele estava pingando e não parava de pensar na inutilidade do esforço. Para que enterrar o resgate embaixo de um pedregulho perdido no meio do nada, se podia entregá-lo em mãos, e com muito mais segurança, aos sequestradores? Se estavam em toda parte, por que não apareciam, por que não vinham receber o resgate pessoalmente? O que lhe garantia que o motorista ou o próprio jihadista não voltariam ao local para desenterrar e dividir o dinheiro entre eles, depois que o deixassem de volta no hotel? E aí ele começou a suspeitar que, se não tinha visto até então nenhum representante da facção com a qual em princípio negociava, era porque já não estavam ali. Talvez tivessem sido exterminados. Talvez a facção nem existisse mais.

"Sabemos o que estamos fazendo", o rapaz disse, limpando a boca com o braço. "Não era nisso que você estava pensando? Não teríamos chegado até onde chegamos se não soubéssemos. Não estaríamos às portas de mais um tesouro inestimável da humanidade se não soubéssemos. Isso vai pôr a gente de volta no mapa. É só aguardar. Só a destruição de estátuas milenares é capaz de chocar o Ocidente. Enquanto isso, a melhor coisa é não pensar e não fazer perguntas."

19. A crer no jovem jihadista, o dinheiro do resgate permitiria o ataque a um sítio arqueológico. "Vamos renascer das cinzas, como aquele pássaro, esqueci o nome", o rapaz sonhava em voz alta. Era incrível que a agência humanitária se prestasse a financiar um ataque daquele gênero, nem que fosse por vias indiretas, para salvar a vida de um desconhecido. Outras suspeitas começaram a assombrar o Rato no caminho de volta para a cidade, depois que deixaram o jihadista passando mal em casa, conforme o absurdo e a precariedade da situação iam ganhando terreno sobre a explicação lógica. Chegou a aventar que a missão pudesse ter sido concebida como queima de arquivo, uma desculpa para se verem livres dele. Nesse caso, ao lhe propor a missão, ao mesmo tempo que lhe atribuía uma função e um destino, o diretor lhe dava um fim. Mas a paranoia também lhe

despertou o instinto de sobrevivência e ele decidiu se concentrar em sair dali o mais rápido possível. Às portas da cidade, uma barreira de controle obrigava os carros a formar uma fila indiana. Havia quatro carros na frente deles, avançando lentamente. O motorista lhe garantiu que não havia motivo para alarme, era um controle de rotina, por gente da facção que os protegia, mas o Rato já não acreditava em nada. Na dúvida, optara por seguir seus instintos. Esvaziara a mochila enquanto o motorista cavava e o jihadista vomitava. Enterraram uma mochila vazia. O Rato voltava para a cidade com o dinheiro do resgate dentro do forro do casaco. De repente, seu olhar cruzou com o de um homem esfarrapado que vinha caminhando pela rua em sua direção, como um mendigo, arrastando pelo braço uma menina com a cabeça coberta por um véu. O Rato achou que estivesse perdido. Desviou o olhar, mas já era tarde. O homem se agarrou à janela do carro e pediu, em inglês, ao Rato que levasse sua mulher embora dali. Estava se referindo à menina. O carro avançou mais uns metros, junto com a fila, mas o homem continuava agarrado à janela, implorando ao Rato que tirasse sua mulher dali. O motorista tentou em vão afugentá-lo, aos gritos. O homem continuava a implorar. Estava desesperado. A menina chorava, tentava se desvencilhar do homem. E agora o homem também chorava. Nada parecia capaz de dissuadi-lo. Ele dizia que se apaixonara, pedia ao Rato que salvasse o único bem que lhe restava na vida, dizia que ia morrer e que, sozinha, ela também morreria. O motorista tentou fechar os vidros, mas o homem se agarrou com mais empenho à janela, impedindo-o de fazê-lo. O carro avançou mais uns metros, junto com a fila, a menina puxou o homem para trás, ele se desequilibrou e o motorista conseguiu afinal fechar o vidro. Mas o homem não se deu por vencido e voltou a implorar, agora com a mão direita espalmada contra o vidro fechado. E, enquanto ele implorava, o motorista explicou ao Rato que o homem havia comprado e estuprado a menina e que agora tentava se ver livre dela.

Ao chegarem ao hotel, o motorista preferiu não entrar. Parou o carro em frente ao muro, na rua, e refez a proposta de levá-lo até a fronteira. Olhou o relógio. Se saíssem em meia hora, chegariam à fronteira antes do pôr do sol. O Rato disse que era o tempo de arrumar suas coisas. O motorista o esperaria no carro, na rua. O homem que atendeu o Rato na recepção não era o mesmo da véspera. Indiferente à pressa do hóspede, quis lhe contar a história de sua fuga com o filho até os "muros da Europa", antes de lhe entregar a chave do quarto. Contou como, entre a Grécia e a Macedônia, depois de ele e o filho já terem vencido a travessia do Mediterrâneo, os policiais começaram a atirar e ele se jogou no chão, sobre o filho pequeno, sob o risco de ser pisoteado, enquanto os outros refugiados corriam, e assim ficou, com as mãos na cabeça, até não haver mais ninguém, até o terem esquecido, e que aí, no meio da noite, atravessou a fronteira, só, sob a lua cheia, de mãos dadas com o filho. Disse que voltou para buscar a filha, não se importava com a própria vida, contanto que conseguisse salvar todos os filhos. Tinha cinco. Trabalhava para levantar o dinheiro da viagem seguinte. Voltaria para buscá-los todos, um a um, enquanto estivesse vivo, seria essa a sua missão e a sua vida, até não restar mais nenhum filho naquele país transformado em inferno sobre a Terra.

O Rato entrou no quarto e começou a arrumar suas coisas. Jogou tudo dentro da mala, de qualquer jeito, fora o casaco com o dinheiro do resgate, que ele deixou embolado em cima da cama, enquanto passava no banheiro. Já estava fechando o zíper do estojo de toalete quando ouviu a explosão lá fora e se jogou no chão de lajotas. Os vidros da janela se estilhaçaram. O quarto foi invadido por uma nuvem de poeira. Não se enxergava nada. Era uma cegueira tão mais aflitiva e ofuscante por sublimar a claridade do dia com uma espécie de nevoeiro leitoso no qual o tempo parecia conservado em formol. Depois de alguns segundos do silêncio mais absoluto, ele começou a ouvir gritos lá fora, seguidos de tiros. Apalpou os pés, as pernas e o tronco, para se certificar de que estava inteiro. Engatinhou até a porta e saiu para o corredor. Mal se levantou lá fora, no meio da fumaça, e dois homens armados que corriam de um lado para outro, gritando coisas ininteligíveis como se não encontrassem a saída, exortaram-no a voltar imediatamente para o quarto e a trancar a porta, até segunda ordem, até que entendessem o que estava acontecendo. A ordem contrariava o bom senso — depois de um atentado a bomba, seria natural evacuar o prédio. "É o que eles querem", o recepcionista respondeu ao passar pelo Rato e garantir que seu quarto ainda era o lugar mais seguro. A explosão abrira um rombo no muro externo, dando livre acesso à casa. Temiam que a ação tivesse por objetivo o sequestro de algum hóspede. Ele se trancou no quarto, sem discutir. Certificou-se de que o casaco com o dinheiro ainda estava sobre a cama. A parede que servia de anteparo entre a janela e a porta o impedia de arrastar a cama até a porta de entrada, o que ele teria feito normalmente, não só seguindo as instruções do manual, mas por intuição, como medida adicional de segurança para bloquear a entrada de estranhos. O manual não previa quartos com paredes construídas na frente das portas. Ele via muito pouco ao redor, por causa da poeira e da fumaça. Ademais, não havia luz. Era provável que a explosão tivesse atingido o gerador do hotel. Tudo estava imóvel dentro do quarto, mas o tempo já retomava seu ritmo eletrizante. Ele foi até a janela e não demorou para compreender que a bomba estava no carro que o trouxera e que o levaria até a fronteira. Não sabia se o motorista estava no carro na hora da explosão ou se o deixara ali de propósito antes de desaparecer. Dava para ver apenas o que restava da carroceria disforme e calcinada em frente ao muro destruído. O Rato conferiu mais uma vez o próprio corpo, passando a mão por debaixo da camisa. Não estava ferido. E foi quando teve a impressão de que tampouco estava sozinho. Ouviu um rangido próximo à porta. Podia estar enganado, o barulho podia vir de fora. A explosão deixara um zumbido ainda mais forte em seus ouvidos. Era normal que estivesse em choque e que os sons exteriores ganhassem outro sentido em sua cabeça, como se não estivesse acordado e se apropriasse deles a posteriori, para fazê-los corresponder aos motivos de um sonho. O rangido se repetiu. Já não havia dúvida. Vinha da porta. Ele entrou em pânico. O ruído aumentava a suspeita de que era por sua causa que estavam ali. Fossem quem fossem, era por ele que tinham vindo, ele era o alvo e isso era irreversível. Procurou a poltrona onde tinha deixado o telefone e quando afinal conseguiu localizá-la, tateando às pressas, como se buscasse uma arma para se defender, ouviu o rangido pela terceira vez. Agora, tinha certeza de que não estava sonhando. Havia alguém com ele, dentro do quarto. O coração que estivera a ponto de sair pela garganta parou por um instante contra o tempo cujo ritmo se desgovernava. Sem ligar para o ridículo, como se fosse o mais natural, ele perguntou na sua língua, em português, a língua da sua infância e da sua juventude, que ali ninguém falava: "Quem está aí?". Tudo em sua missão lembrava a de um agente secreto, com a diferença de que a essa altura o agente secreto já estaria empunhando uma arma, com os braços esticados na direção do som, pronto para atirar. Ele não tinha arma nenhuma. Abandonou a poltrona e avançou, hesitante, até o outro lado da parede que servia de anteparo entre a janela e a porta de entrada, onde agora ressoava uma respiração ofegante. Um homem estava sentado no chão, trêmulo, com a cabeça empapada de suor, as mãos segurando uma das pernas ensanguentada, o tronco coberto de explosivos.

II. PERDEU

Você acha que ele sabe que faz o mal? [...] Pois eu acho que ele acredita que faz o bem. [...] Ele faz mal a suas vítimas, ele as fere. Deve saber que as desmoraliza. Confunde de tal modo o desejo erótico delas, que elas nunca mais conseguem dirigi-lo a nenhum outro objeto. E não têm mais repouso. Mas é como se pudéssemos vê-lo sorrindo também — seu rosto brando e pálido, melancólico mas decidido e cheio de ternura —, um sorriso que paira suavemente sobre ele e sua vítima, como um dia chuvoso no campo — o céu o enviou, não há o que entender —, e na sua tristeza, na delicadeza que acompanha a destruição, está toda a justificativa de que ele precisa.

Robert Musil, "A consumação do amor"

1. Ele demora a entender o que vê. Como se tentasse reconhecer uma figura num quarto escuro ou deparasse com um vulto em meio ao vapor de um amã. O que ele vê não corresponde ao que esperava. Continua falando na sua língua, que ali ninguém entende, como se fosse a coisa mais natural. Não se dá conta de que está falando a própria língua. É como um ato reflexo, inconsciente, como se falasse consigo mesmo. Pergunta ao homem se ele está ferido, pede para ver o ferimento. O homem se retrai. O Rato insiste, mas o homem está assustado, não compreende o que ele diz, tenta se levantar. O Rato entende que primeiro é preciso convencê-lo de que não vai lhe fazer mal, antes de se aproximar e, se possível, desarmá-lo. Ele diz ao homem que ali ainda é o lugar mais seguro para os dois, alguém tentou entrar no hotel, dentro do quarto pelo menos estarão protegidos, eles só têm de esperar o sinal de que já podem sair. Fala e age como se o corpo do homem não estivesse coberto de explosivos. Diz, sempre sem se dar conta de que fala na própria língua, que, enquanto não puderem sair e buscar socorro médico,

ele (o homem) terá de ser forte, terá de se controlar e aguentar a dor. Fala como se o homem fosse um menino. O homem, que deve ter cerca de trinta anos, continua a fitá-lo com os olhos vidrados. O Rato segue falando sua língua, que ali ninguém entende, talvez para se acalmar, mais do que para distrair o homem. Podia tentar pensar nas razões daquele atentado que visava a ele, ao que tudo indica, mas tudo é demasiado confuso e complexo para que consiga pensar no que quer que seja. É como se sua cabeça tivesse sofrido um curto-circuito e só lhe restasse falar a língua da sua infância, que ninguém entende. Fala como se estivesse em casa e contasse a história a uma criança, ou a si mesmo, para se convencer.

Ele diz ao homem ferido, no chão, tentando acalmá-lo e talvez dissuadi-lo: "Minha vida acabou faz três anos, às vésperas dos meus cinquenta e três anos, na antessala de um teatro, em Berlim. Quer dizer, ali eu comecei a morrer". Fala como se iniciasse um discurso à nação, uma confissão há muito esperada, embora tudo indique que seu único ouvinte não entenda nada do que ele está dizendo.

Cinco meses antes do encontro na antessala do teatro berlinense ao qual ele se refere, uma professora universitária o convidara para participar num debate sobre a violência. O tema não era fortuito. O campus recém-inaugurado dentro de uma favela nos arredores de São Paulo, onde ela ensinava Adorno e Walter Benjamin para classes repletas de alunos que mal conseguiam escrever, era, segundo ela, "um oásis plantado em terra inóspita", um centro de produção intelectual na periferia da maior cidade do Brasil, país com o maior índice de homicídios no mundo: cerca de cinquenta mil por ano ou cento e quarenta e três por dia. A professora o desaconselhou a ir de táxi, disse que o trajeto era um labirinto, ele podia se perder, ser assaltado e sequestrado. "Era só o que faltava", ele riu, como se a precaução não se aplicasse a ele, que trabalhava com isso, mas acabou aceitando que um motorista da universidade fosse buscá-lo no hotel no centro. E voltou de carona com a professora. Ficaram de se rever. Ela gostava do que ele escrevia, queria conhecê-lo melhor. Ele tinha pavor de gente que queria conhecê-lo melhor (ainda mais quando gostavam do que ele escrevia), mas a professora era uma moça simpática, frágil e inofensiva. A ocasião para o reencontro surgiu meses depois, quando descobriram que, por uma coincidência (para o Rato, infeliz, mas àquela altura ele ainda não podia imaginar quanto), participariam do mesmo colóquio, em Berlim.

Por razões que tinham a ver indiretamente com a violência, ele queria muito assistir à peça de um encenador que despontava como a nova promessa do teatro alemão. Nunca tinha visto nada dele, mal tinha ouvido falar no nome do tal diretor. A peça o atraíra porque tratava, segundo havia lido, do germe do fascismo embutido na linguagem. Tinha a ver com sua tese. Como a professora também se interessava por teatro, ele lhe escreveu um mês antes de embarcar e a convidou a ir com ele. Não insistiu, porque não a conhecia direito e não queria se comprometer. Foi honesto. Disse que não podia garantir nada, o espetáculo podia ser muito bom ou uma bomba, mas pelo menos seria uma ocasião para se reencontrarem. Ela já estava em Berlim, dando um curso na universidade, e hesitou em relação ao convite, disse que ia pensar. Era normal que titubeasse diante da falta de convicção dele. Só não era normal que, em menos de uma semana, lhe escrevesse de volta uma mensagem esfuziante, anunciando que tinha conseguido comprar o ingresso, como se tivesse enfim realizado um sonho de anos. Não dava para entender o que a fizera passar da reticência ao entusiasmo mais absoluto em tão pouco tempo. Talvez tivesse lido algum comentário sobre a peça em algum jornal de prestígio; talvez tivesse conversado com alguém mais convincente do que ele. Ele só não podia imaginar o desastre que aquela mudança repentina de humor acabaria provocando em sua vida.

2. No final da conferência no campus dentro da favela, um rapaz levantou o braço e perguntou por que, sendo brasileiro, ele se preocupava tanto com guerras distantes quando em seu próprio país a violência crônica matava mais do que em qualquer outro lugar, sem que nenhuma guerra precisasse ser declarada. O rapaz falava em números. Os dados eram recentes e impressionantes e pegaram o Rato desprevenido. Só naquela semana, duas chacinas lideradas por policiais à paisana e ex-policiais, contra supostos bandidos, tinham deixado mais de vinte inocentes mortos na periferia de São Paulo.

Logo depois de se formar em direito, o Rato resolveu sair do país. Não sabia o que fazer da vida, precisava de um tempo. Viajou por dois anos, pelos lugares mais improváveis, quase sempre sozinho. Quando encontrava alguém com quem podia passar dias ou mesmo semanas, quase nunca falava do que tinha feito nos meses anteriores: podiam até ser encontros amorosos, mas também eram circunstanciais. E deles não guardou nenhuma lembrança que valesse a pena contar. Ou pelo menos era o que dizia. Quando voltou ao Brasil, já decidido a enveredar pela carreira humanitária, tampouco contou aos amigos como tinha chegado àquela decisão. Dizia que não se lembrava direito, que tivera uma iluminação no meio do caminho, desconversava. O fato é que a violência começou a interessá-lo. E a interessá-lo de um jeito que apenas a justificativa de uma carreira promissora numa agência humanitária internacional não explicava. Alguma coisa ocorrera durante a viagem, alguma coisa ele tinha descoberto, visto ou vivido naqueles dois anos, que agora o levava a buscar a violência e a combatê-la de perto. Como era um homem reservado, não podia passar pela cabeça de ninguém que essa necessidade tivesse menos a ver com a coragem do que com uma espécie de fraqueza, menos com um enfrentamento do mundo ou com uma luta por mais justiça do que com uma fuga e um desvio do que lhe era insuportável. Era mais fácil combater o mal onde ele já se encontrava definido e circunscrito.

Era natural que, ao voltar, o Rato se surpreendesse com o sentido de algumas palavras que naquele meio-tempo, durante sua ausência, passaram a querer dizer outra coisa, às vezes o oposto do que antes diziam. As inversões de sentido também começaram a intrigá-lo. Começou a prestar mais atenção nelas, sempre que voltava ao Brasil, depois de ser contratado pela agência humanitária e de se mudar primeiro para Berlim e em seguida para Nova York. Ficou muito surpreso, por exemplo, quando "Sinistro!" passou a servir para exaltar o que se amava, como se nessa associação esdrúxula entre o amor e o horror se intuísse algo familiar, para o qual ainda não havia palavras. Ou quando, um pouco mais tarde, no caso de o amor acabar, seus sobrinhos adolescentes diziam às ex-namoradas insistentes: "Me erra!", no lugar do ultrapassado "Me deixa em paz!". Mas, de todas as flutuações semânticas, nenhuma provocou nele um efeito tão profundo quanto o uso sinistro (na velha acepção em desuso) da expressão "Perdeu!". O sentido anterior, prosaico, tinha sido sequestrado pela associação da palavra a situações de violência extrema, letal. De repente, "Perdeu!" equivalia a uma sentença de morte. O Rato não conhecia nenhum outro caso em nenhuma outra língua em que uma palavra tivesse sido investida de tamanho horror intransitivo. Conjugar o verbo "perder" no passado, sem complemento e com o sujeito oculto, ambivalente (a um só tempo você e ele, o vivo e o morto, o agora e o irreversível), estava de tal forma associado à morte violenta e inesperada de quem era surpreendido por assaltantes nas ruas do Rio de Janeiro, no trânsito ou em casa, a qualquer hora do dia, que já não era possível ouvir dizer "Perdeu!" sem esperar um tiro. O uso tinha enfeitiçado a palavra, assim como o que o Rato não esperava viver alguns anos depois na antessala de um teatro em Berlim acabaria desvirtuando tudo o que antes definira sua experiência no mundo, a começar pelo sentido do amor. Depois daquele dia não poderia haver melhor definição para sua vida do que esse verbo conjugado no pretérito, sem complemento, na ambiguidade de um sujeito oculto.

3. Há, no museu Städel, em Frankfurt, um *Sansão e Dalila*, de Max Liebermann, no qual uma mulher orgulhosa, com os seios à mostra, exibe ao inimigo, como um troféu, os cachos do amante e herói que, reduzido à vergonha do engano e ao desespero da sua recém-descoberta vulnerabilidade, esconde o rosto ou as lágrimas, como uma criança desamparada no colo da mãe, com a cabeça apoiada na perna daquela que, além de amante, agora também é algoz. É uma cena terrível, que representa o herói conduzido à derrocada pelo desejo. O infeliz entende a um só tempo por que a mulher o amou — e que o amor não era nada. É como acordar no inferno.

Meio ano depois do encontro em Berlim, de passagem pelo Rio de Janeiro, o Rato voltou a si, com o pau murcho entre os dedos sujos de esperma, sem saber quem ele era nem onde estava, diante da célebre máxima de um dos principais pensadores da cibernética, Heinz von Foerster, desfilando na tela de proteção do computador: "Faça de modo a sempre multiplicar as escolhas". De fato, o Rato havia se dividido em dois. Enquanto um eu, inconsciente, automático e mecânico, se masturbava diante da tela de um site pornô, tentando se libertar do desejo que o escravizava desde o encontro no teatro em Berlim, outro eu o observava indiferente, como se sonhasse acordado.

Depois de escutá-lo atentamente, com um sorriso que se abria conforme o Rato relatava sua experiência recente no mundo da dupla personalidade, o neurologista lhe explicou que ele acabava de fazer uma descrição de manual. Tinha sofrido uma crise de ausência típica — uma forma de epilepsia. O Rato o ouviu entre surpreso e descrente. Nunca tinha sofrido nenhum ataque epiléptico. O diagnóstico não podia soar mais descabido àquela altura da vida. Os exames provaram que não havia nenhuma causa física para o surto. Ele sabia qual era a causa. Já não era o meio da vida; era meio ano morte adentro. E, quando o Rato se recusou a ser medicado, o neurologista o aconselhou a pelo menos evitar dirigir em autoestradas e nadar sozinho no mar. Depois, ficou sabendo, por seu clínico, que o neurologista o havia descrito como um daqueles belos casos de hipocondríaco que persegue o mal para nunca mais se libertar dele.

O quadro de Max Liebermann, no Städel, está pintado com os traços e as cores vivas, alaranjadas e desagradáveis de um protoexpressionismo *pompier*. É a representação de um despertar dentro do fogo. Foi o que o Rato sentiu ao voltar a si e deparar com a máxima de Von Foerster sobre as vantagens do maior número de opções desfilando na tela do computador, a mesma tela em que acabara de revisar uma nova edição de sua tese sobre a violência e diante da qual tinha se dividido em dois, sabe-se lá por quanto tempo, o tempo de se masturbar, sonhando acordado enquanto se observava morrer.

Despertara graças a um spam que piscava no canto inferior da tela, enviado por Melissa Mildrogas, com o título: "Você é um líder?". Ainda sob o efeito da letargia, ele se debruçou sobre o teclado e fez o que ninguém nunca faz, respondeu ao spam: "Sim, Melissa, sou um líder".

4. Contar é uma forma de se duplicar. Enquanto fala ao homem caído no chão, no quarto de hotel, numa língua que o homem não entende; enquanto ouve a própria voz e o que diz ao homem, o Rato se vê saindo do apartamento onde se hospedara três anos antes, em Kreuzberg, na noite do encontro no teatro, e segue o homem que é ele mesmo até a estação de metrô mais próxima, Schlesisches Tor. Ele se vê subindo as escadas, passando por um mendigo, correndo para não perder o trem que acaba de entrar na estação suspensa e em curva. Lembra-se de que era uma noite espetacular, com o céu variando entre as últimas luzes do dia no horizonte incandescente e os planetas e as estrelas cintilando no azul profundo do zênite. Poderia dizer a si mesmo, gritar a si mesmo (ao homem que corre na plataforma, para pegar o trem), como a voz de Deus ou de um anjo da guarda, se fosse possível voltar ao passado: "Pare enquanto é tempo!". Daria tudo para saber na época o que sabe agora. Porque então teria podido parar e voltar atrás enquanto ainda tinha essa chance. Agora, diante do homem ferido no chão, com um colete de explosivos não detonados, ele tenta acreditar, porque é o que lhe

resta, embora cada vez com menos convicção, que os mortos, os seus mortos, todos os que ele tentou salvar ao longo de sua vida, empurraram-no para aquele encontro em Berlim, de propósito, para o seu bem, para que se fortalecesse diante de uma nova provação. Desde aquela noite, ele vem tentando acreditar, cada vez com menos convicção, que pudesse haver outro sentido a não ser a própria morte naquele encontro num teatro de Berlim. É o que se chama pensamento positivo.

A professora universitária estava hospedada a poucas quadras dele. Tinham combinado se encontrar na plataforma do metrô e seguir juntos para o teatro. Na última hora, ela ligou para dizer que se atrasara, já estava com o ingresso, só conseguiria sair de casa em cima da hora, ia de táxi. O Rato ainda tinha de retirar o ingresso na bilheteria. Não queria arriscar. Foi na frente, sozinho.

Melhor teria sido não ir ou chegar atrasado e perder a peça. O que aconteceu na antessala do teatro poderia ter sido evitado se naquela época ele soubesse que também a morte e a violência se combinam onde menos se espera, das maneiras mais oportunistas, como num processo de esgotamento que se instala quando o guerreiro, de volta ao lar, se distrai e abre o flanco, quando se sente mais vivo e feliz, incapaz de acreditar que sua alma cheia de desejos e planos para o futuro, tendo vencido a batalha, possa se esvair ali mesmo até não sobrar mais nada. Para os vencedores, morrer deve ser um pesadelo ultrapassado, um filme de época, uma coisa fora de propósito. Para o Rato, acostumado às piores visões, toda morte era consequência de algum tipo de violência — que ali, para sua infelicidade, ele não podia reconhecer.

A antessala do teatro tinha sido concebida por um arquiteto modernista famoso, que planejara um corredor em forma de U ao redor da sala de espetáculos. As saídas para a rua ficavam nas duas extremidades do U. Num dos lados havia um guarda-volumes e a bilheteria; no outro, um bar rodeado de mesas, onde os espectadores aproveitavam para comer e beber antes da peça e nos intervalos. A sala de espetáculos ficava no meio, envolvida pela antessala. A porta de entrada, localizada bem no vértice do U, entre a bilheteria e o bar, continuava fechada. Ainda não tinha soado o primeiro sinal, mas para o Rato, sem que ele soubesse, o espetáculo já começara, antes de qualquer sinal. No seu caso, o espetáculo ocorria do lado de fora da sala, nas mesas ao redor do bar.

Diante do homem ferido, caído no chão do quarto de hotel, com a perna ensanguentada e o colete de explosivos, o Rato revê cada passo daquela noite em Berlim, em câmera lenta, como na hora da morte. Revê o instante em que entrou no teatro pela porta ao lado da bilheteria, quando pegou o ingresso e depois quando deu a volta até o bar, passando em frente à porta fechada da sala de espetáculos. A primeira coisa que viu do outro lado, entre os espectadores que esperavam nas mesas ao redor do bar, foram os dois, sentados num canto, ao lado de uma coluna, como se um holofote os destacasse do resto. Ele diz ao homem ferido, caído no chão do quarto de hotel, que naquela noite ele estava condenado a encontrá-los. Não podia garantir que não o tivessem visto, porque agiam com calculada indiferença. E foi ali que o Rato começou a morrer, pela dúvida. Era provável que o mais velho (a princípio, o Rato decide chamá-lo assim, como se pudesse fazer o homem ferido distinguir entre os dois homens, pela aparência, antes de lhes dar nomes, embora, caído no chão do quarto de hotel, assustado com o ferimento na perna, o homem não compreenda nada do que o Rato está dizendo na língua da sua juventude), em todo caso, era possível, se não provável, que o mais velho — em aparência pelo menos, já que os dois tinham a mesma idade — o tivesse visto chegando ao bar e que por pouco não o tivesse cumprimentado de longe, mesmo sem o conhecer, por um automatismo ingênuo, pondo em risco o plano do mais moço. O mais velho era um homem careca, com a barba por fazer. Tinha uma expressão simpática. E não seria de todo absurdo dizer que sorriu para o Rato assim que o viu chegando ao bar, embora nada ali fosse certo. O mais moço, por sua vez, tendo tudo planejado, zelava com rigor por sua estratégia e por sua imagem, fazendo o impossível para parecer natural e indiferente ao movimento ao redor. Não era preciso muita perspicácia para entender que naquilo só podia haver algum tipo de encenação ou de capricho, tão conspícua era sua indiferença em relação ao burburinho dos espectadores ao redor. Lia com o rosto enfiado num livro do qual nada parecia capaz de distraí-lo, nem mesmo a presença, a poucos metros, de um observador insistente como o Rato. Porque também seria preciso dizer — e é o que o Rato diz ao homem ferido, caído no chão do quarto de hotel — que bastou chegar ao bar do teatro e deparar com o mais moço, lendo, com a cabeça enfiada no livro, para entender que nunca mais se libertaria dele.

O homem mais moço usava a leitura como dissimulação, embora depois tenha jurado ao Rato que não o esperava e que não o percebera entrando na antessala do teatro. Quando o Rato revê a cena, entretanto, quando conta a história ao homem ferido, fica evidente que o mais moço estava no comando desde o início e que impedira o mais velho de cumprimentá-lo. Enquanto lia ou fingia ler, também discutia entredentes com o mais velho. E o censurava. Era tão constrangedor quanto uma briga de casal em público, só que dissimulada. Nada escapava ao Rato, que sentara a poucos metros dos dois e também tentava dissimular seu interesse com um livro que trouxera no bolso e que agora tentava ler, em vão. Entre uma página e outra de uma teoria literária complicadíssima, podia entrever que o mais moço seguia amuado, com o rosto enfiado no livro, o que não o impedia de reprimir o mais velho, sempre que necessário, com rispidez e sem levantar os olhos. A julgar pela expressão sorridente, o mais velho se mantinha incólume às reprimendas e ao mau humor do mais moço. Continuava alegre e indiferente, olhando para os outros espectadores e de vez em quando para o Rato. Foi o suficiente para depois, retrospectivamente, acirrar sua suspeita de que os dois já tivessem falado dele, mesmo se àquela altura ainda não houvesse nenhum indício de que o conhecessem e menos ainda de que o esperassem. A princípio, nada devia indicar que ele fazia parte dos planos do mais moço e de sua estratégia de não demonstrar interesse antes da hora.

Estavam brigando, mas era uma briga das mais estranhas, na qual um dos lados fingia não brigar, enquanto o outro o ignorava. De repente, depois de alguma deliberação, o mais velho se levantou e entrou na fila que se formava diante da porta da sala de espetáculos, já que os assentos não eram marcados. O mais moço continuou entretido com a leitura e indiferente ao olhar do Rato. Afinal, não tinha sido a presença do mais velho que o impedira de corresponder ao interesse do Rato. Era ele, o mais moço, quem ditava as regras, quem estava no controle, quem havia traçado toda a estratégia. Quando afinal a professora entrou na antessala do teatro e o Rato se levantou para cumprimentá-la, uma coisa impensável aconteceu. Antes mesmo de ela poder lhe retribuir o aceno de longe, depois de já tê-lo reconhecido com um sorriso, foi obrigada a interromper o movimento que fazia em sua direção para cumprimentar alguém que havia se interposto no caminho entre ela e o Rato. O mesmo homem, o mais moço, com quem àquela altura o Rato já estava disposto a passar o resto de seus dias sem nem ao menos ter trocado com ele uma única palavra, beijava a professora no rosto, como um velho amigo. O homem mais moço, que até então nada fora capaz de distrair, nem mesmo a insensatez e o desejo de um obstinado a observá-lo a poucos metros, abandonou a leitura assim que a viu entrar na antessala do teatro, como se estivesse desde sempre atento a tudo, e se adiantou para cumprimentá-la antes do Rato. Era um oximoro ambulante, um descarado da dissimulação. Descrente do que ainda lhe parecia um milagre, pura obra do acaso, o Rato se aproximou com cautela e, nessa hora, pela primeira vez, como se tivesse ensaiado cada gesto e estivesse ali só para encontrá-lo, o mais moço — era, além do mais, um homem de baixíssima estatura — se postou diante do Rato e, com os braços caídos ao longo do corpo tísico e indefeso, como quem se rende (um gesto que reforçava o aspecto infantil da sua sedução), abriu um sorriso franco e encantador. Foi quando o Rato, paralisado como se tivesse sido atingido por um raio, sentiu que estava perdido, era um homem morto. O que ele não podia entender, como uma criança, é que a morte é irreversível.

5. O Rato havia se preparado profissionalmente para as guerras, mas era um amador nas questões amorosas. Uma coisa estava ligada à outra. Teve poucas namoradas antes de conhecer a mulher. Também conhecera um ou outro homem, casualmente, na juventude, mas nada digno de nota, ao que se soubesse.

Sua bissexualidade nunca foi explícita. Não era de falar de seus encontros e de suas relações afetivas. Essencialmente monogâmico, passava a imagem extemporânea do romântico inocente. O casamento, a par do trabalho humanitário em zonas de conflito, lhe trouxe a paz de espírito de que precisava para sobreviver num mundo contra o qual não tinha defesas. A valentia na guerra encobria uma vulnerabilidade íntima e irremediavelmente imatura. Corria menos riscos na guerra do que na vida amorosa.

A peça sobre a violência era na verdade sobre o amor. Como não havia lugares marcados, os quatro puderam sentar juntos na mesma fileira, com o mais moço e o Rato nas duas extremidades, providencialmente separados pelo mais velho e pela professora. Na saída, o mais moço propôs que jantassem juntos e o Rato acabou dividindo a mesa com a professora e o casal que horas antes o havia ignorado, sem que ele soubesse, deliberadamente. Àquela altura, ainda tentava crer que não fossem um casal, que fossem apenas amigos. Mas não demorou a entender que viviam juntos fazia anos. O mais velho era ator, com formação numa escola de palhaços de Londres. Era a ovelha negra de uma família de advogados tributaristas de Nova York. Tinha sido enviado a Londres para estudar economia, mas para horror dos pais acabou trocando o mestrado na London School of Economics pelo curso de palhaço. No último ano do curso, fora para Berlim, com o pretexto de conhecer a cidade onde viveram os avós antes de serem deportados para Auschwitz, e nunca mais saiu de lá. Dizia que era o lugar perfeito para os palhaços. Trabalhava com performances e projetos de teatro alternativo. Encenava suas origens. Estava ensaiando um monólogo, com o título *A última reencarnação de Hitler*, que, segundo ele, causaria grande alvoroço entre os alemães.

* * *

O mais moço vinha do norte do México, da região de Chihuahua, onde o avô malaguês tinha se instalado, no começo do século xx, com um pequeno comércio que sua mãe administrava desde a morte do marido, fazia quinze anos. Quando ele completou onze anos, os pais o enviaram, por razões que ele não revelava mas que não eram difíceis de imaginar, para um colégio jesuíta na Cidade do México. Passou a adolescência no internato. Depois de cursar psicologia na Universidad Nacional Autónoma, conseguiu uma bolsa para estudar filosofia e psicanálise na Alemanha. Chegou a Berlim disposto a causar escândalo, com o projeto de alçar a hipnose a categoria filosófica, o que na época lhe parecia a coisa mais inovadora e revolucionária do mundo. Logo entendeu que seu interesse era outro, depois de um réveillon em Paris, quando escapou de uma festa onde discípulos de Lacan se divertiam com jogos de salão, fazendo e desfazendo nós borromeanos, e terminou a noite desacordado na calçada diante da porta fechada de um clube sadomasoquista.

Na mesma viagem, descobriu e devorou os livros do antropólogo René Girard, o que contribuiu para que meses mais tarde transferisse seus estudos na faculdade de filosofia para um laboratório de neurociência, onde o nome do Rato acabaria se tornando objeto de chacota com a publicação de seu tratado.

Logo depois de defender o doutorado, na Universidade Columbia, em Nova York, o Rato entrou em crise e por pouco não recusou a proposta que lhe fazia uma prestigiosa editora universitária americana. De repente, se deu conta do quanto aquele texto teórico e impessoal o expunha pessoalmente. O surto de consciência durou o tempo de o convencerem de que estava louco, que um período de depressão era a coisa mais normal depois do esforço que o levara a escrever e defender a tese e que não podia perder, por conta de uma crise passageira, autodestrutiva, a oportunidade de ser publicado por uma das editoras acadêmicas mais respeitadas dos Estados Unidos. De fato, em poucos anos o livro se tornou leitura obrigatória entre universitários que estudavam a violência em zonas de conflito. Foi incluído na bibliografia dos melhores cursos de história contemporânea, relações internacionais e sociologia. Mas, se muita gente acabou se formando na sua leitura, o tratado também deixou um rastro de detratores.

Assim como os colegas neurocientistas, o mexicano havia lido a tese do Rato quando fora publicada e desde então passara a desprezar o autor, ao mesmo tempo que, não podendo ignorar sua contribuição para o trabalho humanitário em zonas de guerra, sentia um desejo incontido de contradizê-lo e derrubá-lo. Era o contrário do que lhe provocara a leitura de Girard, que ele havia descoberto na viagem a Paris e que o eximia da culpa da violência sem nome e sem objeto que desde criança o atormentava. Se, como defendia o antropólogo francês, não havia desejo original e pessoal (o desejo era sempre imitação do desejo do outro), a inveja era inevitável. A tese de Girard absolvia o mexicano de uma culpa pessoal e intransferível, do papel de predador por instinto.

A figura do bode expiatório completava o quadro. Era outro elemento central na teoria do antropólogo francês, o que permitia o sacrifício ritual, canalizando a violência coletiva para um único indivíduo e assim salvando o resto do grupo. Era possível que, inconscientemente, o mexicano tivesse projetado no sacrifício do Rato uma possibilidade mágica de realização. "Me tomaram para Cristo", o Rato iria desabafar à mulher quando, três anos depois daquele encontro no teatro em Berlim, sentisse que lhe devia uma explicação. Para Girard, se a violência tinha tomado as proporções atuais, era porque a modernidade laica ignorava o sacrifício de Cristo. E, ao contrário desse humanismo cristão, o pragmatismo do Rato partia do entendimento (talvez tão religioso quanto) de que a violência tinha antes uma função: era a violência social e coletiva que regulava, assim como as doenças e as epidemias, a propagação desembestada da espécie sobre uma Terra que não a comportava. Para o Rato, o combate à violência devia passar necessariamente pelo controle da reprodução da espécie (o contrário daquilo a que exortava a religião) e da produção de armas de destruição cada vez mais poderosas. Ele não tinha a veleidade de extirpar a violência da face da Terra; procurava, antes, reencontrar um equilíbrio sustentável num momento em que, graças às dimensões da população mundial, à escassez de recursos e à potência cada vez mais devastadora das armas, ela tomara proporções suicidas, pondo em risco toda a vida no planeta. Contra esse "pragmatismo cínico" (que os neurocientistas do laboratório berlinense também chamavam de niilista), a pesquisa da qual participava o mexicano propunha encontrar técnicas positivas de persuasão e constrangimento da violência, muitas vezes pela simples força do olhar. Tinha ido a Berlim estudar a hipnose como categoria filosófica e acabara num laboratório de neurociência, defendendo o controle do mal pelo olhar. "O mal como influência, bem entendido", o mexicano esclareceu no restaurante, como se quisesse dizer alguma coisa além do que estava dizendo, com os olhos pregados nos do Rato, que naturalmente tomou aquilo por sedução.

6. Três semanas antes, o mexicano e seu companheiro foram apresentados à professora num jantar na casa de amigos comuns e ficaram sabendo que ela hesitava em acompanhar ao teatro um colega brasileiro que estava para chegar a Berlim. Desconfiava do gosto dele e da peça que ele lhe propusera para dali a dois sábados. Ele trabalhava para uma agência humanitária internacional, nada garantia que entendesse de teatro. E ela

mal o conhecia, vira-o uma única vez. Foi o mexicano que, ao ouvir o nome do colega da professora, encorajou-a a comprar o ingresso o mais rápido possível, assegurando-lhe que não se arrependeria, aquela era de longe a melhor peça que ela podia ver em Berlim nos últimos anos. Foi uma surpresa para ela revê-los na antessala do teatro. Não tinham dito nada. Ela não esperava reencontrá-los ali.

O Rato conhecia um restaurante no bairro. Era um lugar simpático, que ele costumava frequentar quando vivera em Berlim com a mulher, muitos anos antes, contratado pela agência humanitária. Mal chegaram ao restaurante e o Rato teve de sair para atender uma chamada. Era a mulher, justamente. Era como se ligasse por um sexto sentido, para alertá-lo de um perigo iminente. Eles tinham conversado horas antes, não havia razão para ela ligar de novo. "Fiquei com saudade", ela explicou. Ele não sabia o que dizer. "Também estou com saudade", disse, automático e sem graça, como se tivesse sido pego em flagrante. "Que voz é essa?", a mulher lhe perguntou. "Como, que voz?", ele respondeu, com uma ponta de irritação. "Não sei. Você está engraçado." "Engraçado?"

Quando o Rato encontrou a mesa, no fundo do restaurante, os três já estavam sentados. O mexicano e o companheiro de um lado, a professora do outro. Tinham reservado o lugar ao lado dela para o Rato, em frente ao mexicano. Era como se conspirassem para que os dois se conhecessem melhor e pudessem conversar à vontade, como se fosse esse o objetivo da noite. (Meses depois, quando já não se falavam, o Rato passou a chamá-lo de "chihuahua", à revelia, não só pela origem, mas também pela estatura. E sobretudo por vingança. O mexicano era um homem pequeno. Também passou a chamar o outro de "Palhaço", por vingança e não pelas razões objetivas e profissionais cabíveis naquele caso.)

Assim que o Rato sentou, depois de se desculpar pelo telefonema, o chihuahua abriu a boca para comentar alguma coisa e, pela primeira vez, pela proximidade, o Rato sentiu o mau hálito que parecia vir das profundezas do inferno. Teve uma reação imediata e natural, de repulsa, erguendo as costas contra o encosto da cadeira, desviando o rosto e fechando os olhos. Foi uma única vez, como a primeira picada de uma anestesia. Daí em diante, nunca mais sentiu mau hálito nenhum na boca do chihuahua. Era como se alguma coisa em sua natureza o tivesse alertado, naquele primeiro contato, sobre a presença de um organismo estranho e nocivo mas contra o qual em poucos minutos seu corpo perdera todas as defesas. De guarda baixa, o Rato seguiu pela vida depois daquela noite.

A infantilidade do chihuahua se manifestava nos menores detalhes e com uma transparência que não deixava de ter sua graça. Bastava o Rato se interessar pelo que dizia o Palhaço, por exemplo, ou conversar com o Palhaço de maneira naturalmente mais fluida do que com o chihuahua, para o chihuahua ficar enciumado. (Já no terceiro encontro, na semana seguinte, depois de o Rato lhe dizer que ele fedia — não como crítica, mas porque, ao contrário, o mau cheiro do chihuahua o atraía —, o chihuahua passou a usar desodorante. Não disfarçava a vaidade. Quando o Rato lhe disse que não se incomodaria de transar a três, com o Palhaço, se fosse essa a condição para ficarem juntos, o chihuahua imediatamente repudiou a proposta, balançando a cabeça e dizendo que o Palhaço nunca aceitaria, quando no fundo era ele que não podia suportar a ideia. Como uma criança, queria toda a atenção para si.)

Enquanto examinavam o menu, o chihuahua perguntou ao Rato qual era a especialidade do restaurante. E o Rato, sem aquilatar o segundo sentido ou as consequências do que dizia, os aconselhou a pedir carne, de preferência caça. (Os animais e a caça teriam com efeito um papel singular nas relações que começavam a se esboçar naquela noite, sem que o Rato tivesse ainda total consciência delas. O apelido do chihuahua, por exemplo, concebido pelo Rato quando já não se falavam, meses depois do encontro, seria uma reação à alcunha que o próprio chihuahua se atribuíra na primeira vez que foram para a cama, uma semana depois de se conhecerem na antessala do teatro. Queria ser chamado de "raposinha" na cama. O Rato demorou a entender a abrangência semântica e o logro embutido naquele epíteto amoroso, embora estivesse na cara desde o início. Não é a raposa, ao mesmo tempo presa e predador, o bicho que melhor representa a astúcia e a traição? E quando se diz, em inglês, "*crazy like a fox*", não é para se referir justamente a quem de louco não tem nada? Também demorou a perceber que, ao passar a chamá-lo de "Rato", carinhosamente, o chihuahua apenas o designava como uma de suas presas ou cobaias. Afinal, não é o rato o animal de eleição das experiências em laboratório?)

7. Marcaram um encontro uma semana depois, quando o Palhaço viajou para Münster, para participar com uma de suas performances de um festival de teatro de rua. Na noite em que se conheceram na antessala do teatro, e depois de fingir conspicuamente que não o notava, o chihuahua passou o jantar a fitar o

Rato, como se exercitasse com uma nova cobaia as técnicas desenvolvidas no laboratório de neurociência. Sua diretora, uma neurocientista famosa, acreditava que o mal pudesse ser banido da face da Terra pela influência da boa índole transmitida entre os homens através do olhar. Assim conseguia os fundos que pagavam sua pesquisa e o salário, entre outros, do chihuahua. Segundo ela, tudo era uma questão de intenção mas que também dependia da boa vontade do receptor — ou da vítima. O sucesso da técnica dependia de um olhar receptivo. Todo mundo sabe que é preciso se deixar hipnotizar para ser hipnotizado. Mas o olhar do chihuahua era persistente. Bastava que o Rato se distraísse e desviasse os olhos, passando a prestar atenção no que dizia outra pessoa, para que ele se amuasse. Foi o que aconteceu quando o Rato e o Palhaço começaram a conversar sobre o projeto da reencarnação de Hitler. O chihuahua não suportava ser contrariado ou deixado em segundo plano. Foi ele quem depois sugeriu ao Rato que se reencontrassem no café da estação desativada de Görlitzer Park, de onde partiam comboios carregados de judeus para os campos durante a guerra. O apartamento onde o Rato se hospedara ficava ali ao lado. E o chihuahua disse depois que tinha levado isso em conta ao propor aquele café e não outro.

Depois do café, era natural que subissem ao apartamento do Rato. Passaram quatro horas na cama, no fim das quais, exausto, o Rato gozou com o pau mole, pela primeira vez na vida. E é claro que isso o deixou abalado. "Você está exausto, gozou duas vezes, é normal", o chihuahua lhe disse, pulando da cama e recolhendo as roupas no chão. No dia seguinte de manhã, pegava um trem para Münster, onde passaria o fim de semana com o Palhaço.

"Não quer dormir aqui?", o Rato perguntou.

O chihuahua riu: "Que pressa é essa?".

"Quando é que a gente volta a se ver?"

"Você quer que a gente se reveja?"

"Você não?"

"Volto na segunda. A gente se fala."

Antes de sair, o chihuahua deixou um exemplar de sua tese de presente para o Rato. Era estranho que a tivesse levado. Pensava em publicá-la. Disse que seria para ele uma grande alegria. Mas antes queria a opinião de um especialista.

8. O Rato já não tinha condições de não se encantar com a tese do chihuahua, mesmo quando topava com ideias que antes teriam lhe parecido as mais simplórias. Estava apaixonado. Na introdução, o chihuahua explicava que o judaísmo e o cristianismo aboliram o sacrifício estruturador das sociedades pagãs e, com isso, sem querer, ao mesmo tempo que lançavam as bases da civilização ocidental moderna, criaram as condições de possibilidade para que os homens acabassem dando livre curso à violência. Era o preço a pagar pelas sociedades laicas. Mas, ao contrário de um humanismo cristão, que exortava à volta à religião como solução para a guerra, o chihuahua propunha a neurociência (e, em especial, a técnica de influência pelo olhar) como reguladora da barbárie, no lugar do sacrifício.

Era no mínimo estranho que, a despeito de toda a astúcia da sedução e de toda a técnica de influência neurocientífica, ele não tivesse se dado conta das segundas intenções do Rato quando recebeu na segunda-feira um sms que elevava sua tese aos píncaros da inteligência e da originalidade. Assim como não podia ser contrariado, não tinha resistência aos elogios. Respondeu na mesma hora com outro sms: "Quando podemos nos ver?".

Logo estavam de novo na cama, durante dois dias seguidos, e logo o Palhaço estava de volta a Berlim, depois de uma semana de workshops pela Alemanha, e o Rato, de volta à agência humanitária, em Nova York. A distância entre eles deu à comunicação uma intensidade frenética, como se na virtualidade a loucura encontrasse o terreno natural. Ainda no aeroporto de Tegel, na sala de embarque, o Rato enviou um sms ao chihuahua, dizendo que já não podia viver sem ele. "Também tenho medo de te perder. Fique sabendo que fomos ambos flechados. Você não vai me perder nunca", o chihuahua respondeu, quando já fechavam a porta do avião e a aeromoça pedia ao Rato, pela terceira vez, para desligar o telefone.

À distância, os sms foram substituídos por e-mails e depois por conexões diárias por Skype. Passavam horas se falando diante da tela do computador. Havia um aspecto viral na intensidade da comunicação, que a qualquer olhar exterior teria parecido patológica. A correspondência era total, especular e reiterativa, de modo que os dois se amavam perdidamente, e cada vez mais quanto mais se declaravam. Ou assim parecia ao Rato, que deu início àquela loucura toda, quando garantiu ao chihuahua, em Berlim, quando foram para a cama pela primeira vez, que não havia nada a temer, os dois eram casados e felizes, tinham suas vidas em cidades diferentes, ele só estava ali de passagem. Relendo retrospectivamente os sms e os e-mails, era possível entender que na verdade o chihuahua apenas o seguira e o imitara, reproduzindo o desejo e o amor como um espelho ou um eco. Correspondia ao que no outro confirmava o amor que ele sentia por si mesmo. No máximo, reconhecera no Rato a presa ideal.

9. Em oposição à parcimônia do chihuahua em presentear, que nem por isso o impedia de exaltar a própria magnanimidade por menor que fosse o gesto, o Rato não media nem anunciava esforços para surpreendê-lo. Assim que voltou a Nova York, mar-

cou um almoço com uma editora que havia tempos lhe pedia um livro e ofereceu a tese do chihuahua no lugar de um ensaio de sua autoria. Para convencê-la, disse que era um ponto de vista inédito, original e polêmico no combate à violência. A editora se dispôs a publicar a tese, contanto que o Rato se comprometesse a escrever um prefácio. Era uma forma de lhe arrancar um texto. Como a paixão muitas vezes se confunde com o suicídio, ele aceitou na hora. Não disse nada ao chihuahua. Não queria estragar a surpresa. Preferia esperar que o contrato estivesse fechado. Podia levar mais de um mês até que o chihuahua recebesse a proposta da editora. Para o Rato, bastava associar seu nome ao dele, nem que fosse apenas por um prefácio, para selar uma espécie de casamento.

Uma semana antes do aniversário do chihuahua, o Rato foi convocado de última hora a participar como observador de uma reunião em Adis Abeba. Devia acompanhar as deliberações entre os governos do Tchad e da Nigéria para barrar a circulação de grupos terroristas na fronteira. Antes de viajar, pediu à secretária que encomendasse on-line um exemplar da edição recém-publicada dos romances de Georges Bataille em alemão e o enviasse ao chihuahua, em Berlim, com um cartão onde se lia apenas "feliz aniversário", sem assinatura nem remetente.

Teve a ideia quando, duas semanas depois do encontro em Berlim, caiu em suas mãos um ensaio que comparava a transgressão em Bataille à profanação num mundo que já não atribui sentido positivo ao sagrado. Sentiu que tinha a ver com seu amor pelo chihuahua, de um modo que ele ainda não era capaz de definir. A literatura de Bataille era herdeira do sacrifício. Bataille tinha sido uma revelação para o Rato, na adolescência, no Rio de Janeiro, quando o Rato não imaginava que acabaria trabalhando para uma agência internacional no combate à violência interétnica e religiosa. Na época, se interessava por antropologia e esboçava, como todo adolescente, versos dos quais mais tarde teria vergonha. Acabava de descobrir os poetas surrealistas quando ganhou, do mesmo tio antropólogo que um ano antes o levara nas férias de julho a uma aldeia caiapó, a tradução portuguesa de *O erotismo*. Foi o tio quem lhe explicou que, sob a influência de Sade, a associação entre erotismo e morte (a correspondência entre a impessoalidade da orgia e o anonimato da morte, por exemplo) pusera Bataille em rota de colisão com os surrealistas, limitados ao âmbito literário do imaginário e do sonho. A literatura de Bataille estava impregnada de uma visão demasiado radical da antropologia e da experiência mística para poder comportar sem problemas a ideia de autor. Seu erotismo tinha a ver com Deus e com a morte de Deus. O desejo dos personagens em seus romances, a impulsividade sexual que os guiava e que a muitos podia parecer animalesca, era precisamente, segundo o tio antropólogo, o que os tornava tão humanos, sem que para isso eles tivessem de ser psicológicos e obedecer às regras de uma verossimilhança realista, sem que precisassem fazer a narrativa romanesca "funcionar", sem que tivessem de parecer "de carne e osso". Era o sexo excessivo que não só lhes dava humanidade, mas punha seus corpos no lugar de Deus e os divinizava.

Assim que entrou no quarto de hotel em Adis Abeba, depois de quinze horas de viagem, o Rato recebeu um e-mail do chihuahua. Faltava pouco mais de uma hora para a reunião, o voo atrasara por conta de uma tempestade tropical no meio do Atlântico, mal tinha tempo de tomar uma ducha e se trocar. O chihuahua precisava falar com ele com urgência.

Como a conexão era muito ruim, a imagem se dissolvia antes que pudessem completar as frases. Volta e meia a expressão fúnebre do chihuahua desaparecia da tela ou congelava num rosto monstruoso e deformado, sem que ele tivesse revelado ainda o motivo da urgência. Finalmente, entre uma interrupção e outra, o chihuahua disse ao Rato que não podiam mais se ver. Era melhor acabar tudo ali mesmo. A conexão caiu antes de ele poder explicar por quê.

A reunião foi um desastre, não só pelo caos no coração do Rato. O representante do Tchad, a despeito da intervenção francesa, abandonou a mesa de negociações depois de acusar de intransigência o embaixador da Nigéria, que até então só fizera concessões. No fim do dia, ao voltar para o hotel, exausto, o Rato abriu seus e-mails e encontrou, entre eles, um do chihuahua, no qual se explicava. Tinha contado tudo ao Palhaço. Os dois brigaram, a situação era insustentável.

Sem conseguir pegar no sono, o Rato tentou se conectar mais uma vez por Skype, em vão. Escreveu um e-mail ao chihuahua, pedindo-lhe que não tomasse nenhuma decisão irrefletida, no calor da hora, antes de voltarem a se falar. Não entendia por que ele tinha contado tudo ao Palhaço. "Porque não posso mentir", o chihuahua respondeu no dia seguinte, na cara de pau, por e-mail, imbuído de uma ética que não se comprovava na sua relação com o Rato — mas ainda sem que o Rato soubesse, é claro. A decisão estava tomada, não havia volta. Lamentava, mas era melhor assim. Não escreveria mais, mas não podia impedir que o Rato lhe escrevesse. Mais do que insinuar o prazer narcisista da passividade, dizia abertamente que, embora não pretendesse respondê-las, continuar recebendo mensagens do Rato só poderia lhe fazer bem.

Ferido em seu amor-próprio, o Rato prometeu ao chihuahua que respeitaria a decisão dele. Não o aborreceria mais. Não o procuraria mais. Fazia apenas uma ressalva, para que não houvesse mal-entendidos. Era possível que nos dias seguintes o chihuahua recebesse um presente de aniversário. O presente fora enviado antes de sua decisão abrupta e não devia ser interpretado como uma tentativa de reaproximação.

10. Fazia mais de um mês que o Rato não via a mulher e a filha. A mulher decidira levar a menina de sete anos para visitar os avós, no Rio, enquanto o Rato ainda estava no congresso em Berlim. As duas continuavam no Rio quando ele foi convocado às pressas para a reunião em Adis Abeba. Estariam em Nova York para recebê-lo quando voltasse.

O Rato conhecera a mulher em Ipanema, numa cena clássica de paquera, quando jogava vôlei na praia e a bola caiu entre ela e uma amiga. Ele tinha vinte e seis anos e acabava de voltar de seu giro pelo mundo. Trabalhava num escritório de advocacia, enquanto aguardava o edital do concurso para a agência humanitária. Ela era sete anos mais moça que ele, tinha acabado de entrar na faculdade de biologia. O Rato deu bola para as duas, mas quando voltou para falar com elas, depois do jogo, só encontrou a futura mulher. Nos primeiros meses de namoro, atribuiu ao destino ter ficado com ela e não com a amiga. Em suas declarações de amor, creditava a desígnios divinos o encontro entre duas almas gêmeas como as deles, até o dia em que, sem paciência, a mulher se encheu da cegueira do namorado e se sentiu no dever de lhe revelar que, ao contrário do que ele pensava, por mais que a tivesse desejado, nunca teria tido a menor chance com a amiga.

A história da amiga era muito mais espetacular do que qualquer fantasia romântica que o Rato pudesse conceber sobre o acaso, a sorte e os desígnios divinos. Poucos meses depois daquele encontro na praia, a família da amiga descobriu que ela namorava um traficante fazia mais ou menos um ano — e que, portanto, sair para comprar picolé ou ir à praia, no caso dela, não passava de pretexto ou eufemismo. Naquele tempo, no Rio de Janeiro, todo mundo só queria transar, mas o Rato já sofria as dores de um desvio de personalidade. Era do tipo romântico. Bastava uma breve ruptura no namoro para não se conter de tristeza diante do que sempre lhe parecia inexorável. Numa dessas vezes, foi consolado por um tio, irmão mais velho do seu pai e do tio antropólogo, que tentou convencê-lo de que também eles (os homens de sua geração) tinham passado por "fossas federais" quando eram jovens, quando também achavam que pudessem morrer de amor, sem se dar conta de que nada daquilo tinha a menor importância. Ele ia ver, tinha só vinte e seis anos, devia aproveitar a vida antes que fosse tarde, deixar o namoro e as coisas sérias para depois e viver as oportunidades do presente até as últimas consequências, porque com cinquenta anos tudo mudaria de figura e só então ele lamentaria o que perdeu na juventude.

De fato. Quando o Rato e a mulher se separaram, oito meses depois de ele voltar daquela viagem desastrosa a Adis Abeba e vinte e sete anos depois de terem se conhecido na praia, vinte dos quais casados, o sexo teve um papel central. Mesmo depois de o chihuahua ter lhe dito, já na segunda vez que foram para a cama, que a sorte dele, chihuahua, era o sexo entre os dois não ser cem por cento — porque, do contrário, ele, chihuahua, estaria perdido —, mesmo assim, apesar do que o chihuahua pudesse lhe dizer e a despeito de quais fossem suas intenções, desde o início, desde que o tinha visto na antessala do teatro em Berlim, o Rato sentiu por ele uma atração que já não podia sentir por mais ninguém e ainda menos pela mulher, uma atração que havia perdido na juventude e que o fazia acreditar de novo no amor.

"Uma vez, em Miami, um brasileiro na mesa ao lado se virou pra mim e disse que queria viver comigo, que podia passar o resto da vida comigo, imagine só!", o chihuahua lhe disse, associando a paixão do Rato a um possível problema de nacionalidade, depois de o Rato repetir, numa das primeiras vezes que se falaram por Skype, que podia passar o resto dos seus dias ao lado dele. "E olhe que eu já estava casado e com meu companheiro sentado bem na minha frente!", o chihuahua prosseguiu, como se chegasse enfim à moral do conto.

O chihuahua julgava os homens por "mais ou menos sexuais", como se os conhecesse, todos, na intimidade. O Rato nunca entendeu até que ponto aquilo tinha apenas o objetivo de humilhá-lo. Não entendia por que o sexo com ele não era cem por cento, se para ele não havia nada melhor e mais urgente do que foder o chihuahua. Na verdade, o discurso do chihuahua estava cheio de contradições, porque ao mesmo tempo que dizia de um colega de laboratório que ele não era sexual, para diminuí-lo, podia escarnecer de um ex-amante, porque na vida só lhe restava o sexo. "Tenho pena dele, fui eu que o introduzi aos clubes de sexo e ele nunca mais saiu de lá. Eu o abandonei quando descobri que ele estava doente e continuava transando comigo sem camisinha. Você não faz ideia dos monstros que eu conheci! Eu podia estar morto agora. Escapei por sorte. O que ele faz? Você nunca ouviu falar nele, nem nunca vai ouvir. Me dá pena. A única coisa que sobrou pra ele foi o sexo", o chihuahua dizia, sorrindo, e o Rato só não estranhava o cinismo porque já estava cego. Levou meses para entender que a descrição do ex-amante como um monstro na verdade se aplicava ao próprio chihuahua e ao que reservava desde o início para ele, Rato, o animal mais puro de todos, ideal para as experiências de laboratório.

＊　＊　＊

11. Dois dias antes do aniversário do chihuahua e dez dias depois da ruptura intempestiva, quando saía de casa para o trabalho, o Rato recebeu um e-mail dele: "Penso em você (muito). Tenho saudades de você (muitas). Te amo (muito)".

"Você pode deixar a Raquel na escola hoje? Eu sei que é fora de mão, mas tenho duas horas para terminar o projeto e mandar; senão, vou perder o prazo para a bolsa de Berlim. Desculpe, achei que conseguia acabar antes. Me atrapalhei com outras coisas. Tudo bem?", a mulher perguntou.

O Rato e a mulher viveram cinco anos em Berlim antes de se casarem, quando a agência ainda mantinha um escritório lá. Foi o primeiro posto do Rato. A mulher sonhava em voltar para Berlim, como se pudesse recuperar o que perdera naquele meio-tempo. Se ela ganhasse a bolsa, ele tinha prometido tirar um ano sabático para acompanhá-la com a filha.

"Claro, nenhum problema", ele respondeu.

No caminho, a filha disse ao Rato que o amava.

"Eu também te amo", ele respondeu.

"E a mamãe?"

"Que é que tem?"

"Vocês também se amam?"

"Claro."

"Por que é que tantas pessoas se amam?"

"Por quê?", ele riu. "Sei lá, porque é bom, porque faz bem."

"Só?"

"Você acha pouco?"

Meses antes, o Rato ouviu a filha conversando com uma coleguinha de escola:

"Meu pai é advogado. E o seu?"

"Trabalha pela paz no mundo."

"É mesmo? Ele faz o quê?"

"Viaja pra onde tem guerra."

"Ele é general?"

"Não."

"É soldado?"

"Meu pai trabalha contra a violência."

"Seu pai é pacifista? Meu pai disse que os pacifistas são um perigo pra humanidade."

"Seu pai não entende nada."

"Ele disse que só os fracos são pacifistas."

"Seu pai é que é burro."

"Meu pai é o homem mais inteligente que eu já vi."

"Então, você é que é burra. E, além disso, a paz mundial não é da sua conta."

Depois de se despedir da filha na porta da escola, o Rato seguiu a pé até a agência. Cortou caminho pelo parque e acabou se perdendo por um atalho que ele não conhecia. Era um canto deserto àquela hora. Para chegar à Quinta Avenida, teve de passar por um túnel para pedestres no qual uma pichação em letras vermelhas e garrafais lhe chamou a atenção: "O homem procura o alívio da morte no sexo". Alguém tinha barrado "o alívio" com tinta preta, deixando apenas: "O homem procura a morte no sexo".

Ele já tinha decidido ignorar o e-mail do chihuahua quando recebeu o segundo, com o título SINCRONIA INQUIETANTE, assim que chegou à agência: "Meu Ratinho, te mandei um e-mail esta manhã (que eu poderia não ter enviado). Uma hora mais tarde, recebi uma encomenda (que poderia não ter chegado), com a bela edição dos romances de Bataille. Não sei o que pensar. A imaginação não produz fatos, a menos que tenhamos poderes mágicos. Não é o meu caso. Não sei o que fazer. De qualquer jeito, estou feliz (e ao mesmo tempo inquieto) por você ter entrado na minha vida. Muitos beijos da tua raposinha".

O Rato não respondeu, assim como não respondera o e-mail anterior. Mas cometeu um erro imperdoável dois dias depois: antes de sair para o trabalho, escreveu uma mensagem sucinta mas que obviamente queria dizer muito mais, desejando feliz aniversário ao chihuahua. E a consequência foi imediata: "Obrigado pela sua mensagem. Foi o melhor presente que eu podia ter recebido hoje. Acordei às cinco da manhã, pensando em você. Eu pensei que... Espero não te perder".

Mal tinham rompido e já estavam reatando. Mas bastaria o Rato se declarar de novo para o chihuahua bater em retirada.

Naquele mês, o Rato voltou à África, de novo como observador, para acompanhar uma reunião de chefes de Estado às margens do lago Niassa. Era um trabalho idiota, que não levaria a lugar nenhum. Só lhe restava observar. Era o que ele vinha fazendo naqueles meses, desde que conhecera o chihuahua e desde que, sem perceber, abrira mão do amor-próprio e da capacidade de fazer qualquer outra coisa além de pensar no chihuahua. Era pelo olhar que o chihuahua pretendia dobrar a violência do mundo — e fora pelo olhar que enredara o Rato naquele círculo vicioso do qual já não via saída. O ângulo de sua cama, no mezanino do quarto do bangalô colonial convertido em hotel, permitia uma visão inusitada da superfície do lago através das janelas abertas de par em par, como se o exterior tivesse se

98

transformado numa imensa parede de água vertical prestes a se romper, inundar o quarto e afogá-lo. Estava nu na cama quando tirou uma foto da janela com o celular e a enviou ao chihuahua, dizendo que morria de saudade.

A resposta veio no dia seguinte: "Estava mesmo pensando em você. Me pergunto se posso continuar me considerando sua raposinha".

As cartas de amor são sempre ridículas. A diferença na correspondência entre o Rato e o chihuahua era que apenas uma das partes parecia ter consciência (e se aproveitar) disso.

"Você será minha raposinha para sempre", o Rato respondeu imediatamente.

Como se só agisse por cálculo e, além do Rato, também quisesse manipular o tempo, o chihuahua respondeu mais uma vez com um intervalo de vinte e quatro horas cravadas: "Não é fácil uma raposinha. Não é um animal doméstico. É preciso conquistá-la, fazê-la sentir menos medo. Acho que é preciso tempo. Fique sabendo que você foi o único até hoje que conseguiu tocá-la".

O Rato começava a se irritar. Respondeu na sequência: "Não entendo por que você tem tanto medo, mas, apesar da minha impaciência costumeira, sou um animal muito paciente quando se trata de conquistar o que eu quero de verdade. Estou disposto a esperar o tempo que for para te domesticar. Quero muito te guardar comigo. Você é muito importante para mim".

Vinte e quatro horas depois, o chihuahua voltou à carga: "Que ideia mais maluca querer guardar uma raposinha com você! Não se trata de um cão, uma galinha ou um pato, não se trata nem mesmo de um gato ou de um hamster que passaria os dias correndo numa roda, para oxigenar o cérebro. É um animal selvagem! Que é que você pensa em fazer com uma raposinha depois de domesticá-la?".

* * *

A raposinha fóbica tinha senso de humor, mas àquela altura o Rato já começava a perder o seu: "Estou num lugar incrível, sem fazer nada, pena que esteja sozinho. Você não pode deixar de vir aqui um dia, com um amante, de preferência alguém que você ame de verdade, assim já não terá de perder tempo, pensando nessas histórias de selvagem e domesticado, cru e cozido".

Nada irritava mais o chihuahua do que duvidarem do seu amor. Bastava desconfiarem da verdade de seus sentimentos para que perdesse a cabeça. Expressava-os mal, por uma razão muito simples: porque não os sentia, porque não eram seus. Tentava simulá-los (e não era fortuito que a leitura de René Girard tivesse mudado sua vida), mas estava longe de ser um bom ator. No fundo, expressava uma única verdade: era um canastrão. Mas, àquela altura, o Rato ainda não tinha indícios suficientes para entender onde se metera. Estava cego. Fez a única coisa que não podia para aplacar a fúria que seu e-mail provocou no chihuahua: pediu desculpas.

12. O chihuahua planejara passar as férias com o Palhaço, numa praia da Baixa Califórnia. Aproveitaria para ficar uns dias com a mãe, enquanto o Palhaço visitava os irmãos em Nova York. Quando o Rato lhe propôs que se encontrassem no México, antes de o Palhaço chegar, o chihuahua vacilou, pediu um tempo para pensar. O Rato insistia em pôr o sonho à prova com um pouco de realidade. Precisavam se rever, nem que fosse para dar um fim àquela relação etérea, fértil em fantasias, projeções e mal-entendidos. O chihuahua fugia dos encontros concretos, mas também tinha suas fraquezas.

"Preciso te fazer uma pergunta: por acaso não teria sido por uma intervenção sua que uma editora de Nova York procurou o laboratório, interessada em publicar minha tese?", ele escreveu ao Rato.

Estava nas nuvens. Em segundos, não só tinha aceitado encontrar o Rato na Cidade do México, mas já estava com mil planos sobre o que fariam juntos, o que visitariam, os restaurantes, as exposições etc.: "Vou te apresentar a cidade. De uma certa maneira, é a minha cidade. Passei toda a adolescência lá".

Na véspera da chegada do Rato, o chihuahua lhe enviou um e-mail, fazendo a contagem regressiva em cinco idiomas diferentes. Era uma criança quando precisava seduzir. Era seu melhor papel.

Como o voo do chihuahua chegava três horas depois do dele, o Rato preferiu esperá-lo no quarto do hotel. Tinha feito uma reserva para dois. Na recepção, pediram o passaporte do chihuahua antes de deixá-lo subir. Foi o que bastou para que ele chegasse desfigurado de raiva ao quarto. "É de praxe. Pedem o passaporte a todos os hóspedes, para registrá-los", o Rato tentou lhe explicar. O chihuahua sentia-se diminuído em seu próprio país. Não dizia, mas estava na cara. Achava que ali o tomavam por puto. Devia ter alguma experiência.

Passaram os três dias seguintes trancados no quarto de hotel, com breves escapadas para comer em Condesa e Coyoacán. No último dia, o chihuahua quis acompanhá-lo ao aeroporto. Assim que entraram no táxi e sentaram no banco de trás, o chihuahua segurou a mão do Rato e não a largou até chegar ao terminal de embarque. Dava a entender que seus olhos estavam marejados, enxugava-os com o dorso da outra mão durante todo o percurso. Na hora da despedida, antes do controle de passaportes, ele engoliu em seco, como se contivesse as lágrimas, abraçou o Rato e o beijou na boca, diante de dois policiais estupefatos. Saiu do aeroporto direto para uma sauna onde é possível que tenha contraído a gripe que o deixou de cama na semana seguinte, com muita tosse, catarro e febre alta, aos cuidados do Palhaço. O Rato não teve nada.

13. A vez seguinte também foi a última. Ou assim o Rato quis crer. Os apaixonados acreditam em qualquer coisa, até mesmo que estão livres da paixão. Não é preciso ser nenhum neurologista ou neurocientista para saber que o amor romântico, como as drogas, é capaz de fazer com que gente inteligente cometa os atos mais estúpidos. E, como se não bastasse, há ainda quem tenha o dom sinistro de corresponder ao desejo dos outros, levando a vítima apaixonada a crer nas coisas mais implausíveis, a despeito de todas as evidências em contrário, como o filhote do cuco ao tomar o lugar da ninhada de outra espécie, na maior cara de pau. Não é que a mãe-passarinha não perceba que o filhote não é seu; é que, desenganada, ainda prefere ser mãe, assim como quem amou deseja continuar amando.

O Rato demorou a entender os desdobramentos da pergunta capciosa que, desde o início, reaparecia nos e-mails do chihuahua. "Que é que nós vamos fazer? Você tem alguma ideia?", indagava ele, como uma donzela que pusesse seu destino nas mãos do homem que acabava de desvirginá-la.

Uma mudança de humor tão inexplicável quanto as anteriores ocorreu depois da despedida apaixonada no aeroporto da Cidade do México. O Rato voltou para Nova York e o chihuahua viajou com o Palhaço para a Baixa Califórnia, para onde tinham programado suas férias. Durante quinze dias, o Rato não teve notícias dele. Quando afinal o chihuahua respondeu a suas mensagens, já estava de volta a Berlim. De novo, contara tudo ao Palhaço, ainda no México. Por quê? Porque o Palhaço não era bobo, tinha perguntado, e o chihuahua, segundo o que o próprio já havia declarado, não sabia mentir. A semana na praia tinha sido um pesadelo de choros e discussões. E, para completar, o Palhaço caiu de cama, provavelmente com a mesma gripe que antes derrubara o chihuahua.

Foi o que o chihuahua lhe contou das férias na praia, antes de o Rato lhe propor um novo encontro em Berlim. Tinha uma reunião em Bruxelas no mês seguinte, podia inventar uma desculpa para a mulher e passar uma semana com ele.

Sob a inércia da paixão correspondida, o Rato não esperava outra resposta além do sim. Guardava a lembrança da despedida no México. Mas o chihuahua foi reticente, para dizer o mínimo. Não achava que aquela fosse uma boa ideia, não era um bom momento, estava cheio de trabalho, não poderia dar ao Rato a atenção que ele merecia. E aí, pela segunda vez, um cansaço providencial tomou conta do Rato. O destino lhe oferecia uma nova chance de escapar, pelo desânimo e pela irritação. Ele desperdiçara a primeira, por ocasião do aniversário do chihuahua; esta podia ser a última. Era pegar ou largar. Por um instante, o amor-próprio falou mais alto do que a paixão e o Rato não insistiu. Nem precisou pensar: "Muito bem, nessas condições, não me resta nada a fazer", ele escreveu ao chihuahua, que tampouco devia esperar aquela reação, tanto que em menos de uma hora já tinha mudado de ideia e exortava o Rato a viajar para Berlim o quanto antes: estava morrendo de saudades.

O Palhaço estava ensaiando sua nova peça, em Hamburgo. Voltava a Berlim nos fins de semana. O Rato e o chihuahua teriam sete dias juntos, com o intervalo de um fim de semana bem no meio. Como o chihuahua trabalhava durante o dia, os dois só se veriam à noite.

As três primeiras noites foram a esbórnia. O chihuahua nunca estava sóbrio. Precisava beber ou se drogar antes de ir para a cama. Dizia que o ajudava a relaxar. E o autoengano do Rato não lhe permitia tomar aquilo como pessoal. Na quarta noite, o Rato mudou do apartamento alugado em Kreuzberg para o de um amigo, em Prenzlauer Berg, que ficara vago naquele meio-tempo. Era um estúdio pequeno, com varanda e vista para a torre de água. O proprietário, um documentarista marroquino que ele conhecera durante uma missão na Argélia e que morava fazia anos em Berlim, viajara para Paris na véspera e só voltaria quando o Rato já tivesse ido embora. O chihuahua se encantou com o apartamento de Prenzlauer Berg tanto quanto o havia deprimido o que o Rato alugara em Kreuzberg. Ao ver a fotografia de um homem de barba, sorrindo entre os porta-retratos na escrivaninha, o chihuahua balbuciou sem querer, como quem sonha acordado, o nome do dono do apartamento, que o Rato não se lembrava de lhe ter confiado.

"Você conhece ele?"

Não sabendo como disfarçar o embaraço, o chihuahua abriu o mesmo sorriso da primeira noite, quando se conheceram na antessala do teatro, beijou-o na boca e nunca mais tocou no assunto.

14. O Palhaço voltou a Berlim na sexta à tarde. O Rato e o chihuahua se despediram pela manhã. Só voltariam a se ver na segunda à noite. O Rato tinha o fim de semana pela frente, sozinho. Quando ele e a mulher viveram na cidade, vinte anos antes, quando a agência humanitária ainda mantinha um escritório local, metade daquilo não existia. Ele atravessou a cidade na bicicleta que o anfitrião marroquino guardava no pátio do pré-

dio. Foi até o lago onde costumava nadar com a mulher no verão, em Grunewald. Não havia ninguém ali naquela época do ano, além de um ou outro velho passeando seu cão. Ele tirou a roupa, afundou os pés no lodo e mergulhou na água gélida, como se precisasse se limpar de um pecado.

Na volta, passou pelo teatro que ele e a mulher costumavam frequentar e comprou um ingresso para assistir a uma montagem de *O medo devora a alma*, de Fassbinder. Era uma coincidência estranha. Não imaginava que alguém pudesse remontar no teatro aquele filme que ele e a mulher viram juntos, quando ainda viviam no Rio de Janeiro e ele acabava de ser admitido na agência humanitária, na mesma noite em que recebeu a notícia de que seria transferido para Berlim. No filme, uma alemã de meia-idade se apaixona por um jovem proletário árabe e, para surpresa geral, a despeito de toda inverossimilhança, é correspondida.

15. O telefone o acordou no domingo, às nove da manhã. Era o chihuahua. O Palhaço tinha voltado para Hamburgo mais cedo que o previsto. E, antes que o Rato pudesse lhe perguntar por quê, o chihuahua já o tinha convidado para conhecer sua casa. Só precisava de mais uma hora, o tempo de ir à feira comprar o que faltava. Ia preparar um almoço para ele, tinha algo para lhe mostrar. A felicidade do Rato, pego de surpresa pelo convite, tinha o tamanho do engano. Era a primeira vez que o chihuahua o convidava a ir a sua casa e era como se ele nunca tivesse visto manhã mais bela do que aquela, fria e cinza. Atravessou de bicicleta as ruas desertas do centro, com o queixo aprumado, desafiando o ar frio. Dois homens sem camisa, gordos, carecas e peludos, ambos de bota preta, calças de couro e suspensório, estavam inconscientes, jogados no chão, cada um agarrado a uma garrafa de cerveja vazia, diante de uma boate

que, a julgar pelas batidas da música tecno que sacudia todo o quarteirão em volta, continuava a ferver por trás das portas fechadas. Numa esquina, um rapaz segurava a cabeça da namorada que vomitava. Um homem caminhava com a cabeça jogada para trás, assoviando para o céu uma canção de amor. E o Rato reconhecia em tudo sinais de bom agouro.

O chihuahua morava perto de Tempelhof, numa paralela da Bergmannstrasse, num apartamento de dois quartos, no quinto andar de um prédio sem elevador. Tinha preparado um almoço com uma variedade de especialidades turcas. Queria agradar. Não parou de fazer insinuações sexuais durante todo o almoço, como se não pudesse esperar nem mais um minuto para enfiar o pau do Rato na boca, como se dois dias sem vê-lo o tivessem deixado louco de amor. Mal acabaram de comer e já estavam deitados no colchão que o chihuahua mantinha no chão do quarto, ao lado de uma arara de metal que lhe servia de armário. Tudo no apartamento lembrava a casa de um estudante. O chihuahua brincava de ser criança, e até que havia algum charme na sua irresponsabilidade calculada e naquele desleixo seletivo, mas bastava alguém explicitar o jogo — tratá-lo como criança, por exemplo — para que se irritasse. Fizeram amor de todos os jeitos, se declararam de todos os jeitos e só não juraram amor eterno porque nenhum dos dois era do tipo que crê na eternidade. Às sete da noite, depois de·gozar três vezes e de ignorar algumas chamadas do Palhaço no celular, o chihuahua achou mais seguro passarem a noite no estúdio de Prenzlauer Berg. Levantou-se de repente e começou a se vestir. O Rato, que a essa altura estava recostado no travesseiro e fumava uma ponta de haxixe, foi pego mais uma vez de surpresa, mas preferiu não perguntar nada, para evitar reações imprevisíveis. Também se levantou, se vestiu e foi esperá-lo na sala. Antes de saírem, o chihuahua disse, afinal, que tinha uma coisa para lhe mostrar. Hesitava como uma donzela envergonhada. Queria mostrar, mas não sabia se tinha coragem. E, como o Rato não insistia, acabou lhe estendendo seus cadernos de escola, espontaneamente.

"Que é isso?", o Rato perguntou.

"Meus cadernos de escola."

"Você quer que eu leia?"

"Nunca mostrei a ninguém."

"Nem...?"

"Nem a ele. Nunca tive coragem. Você é o primeiro. Confio em você."

O Rato abriu o primeiro caderno. Eram poemas e reflexões de um adolescente num internato religioso, às voltas com sua sexualidade reprimida e com Deus.

"É incrível", disse o Rato.

"Você acha mesmo?", o chihuahua perguntou, forjando um sorriso tímido, que já não escondia o brilho dos olhos e a confirmação do orgulho. "Nunca tive coragem de mostrar a ninguém."

"Não tem por quê. São os escritos de um menino sensível e superdotado, tentando lidar com a sexualidade num meio inóspito e repressor. Tem coisas muito lindas aqui."

"Fico contente que você diga isso. Sou um homem de instintos. Eu sabia que podia confiar em você. Você disse a coisa certa, exatamente o que devia dizer. Obrigado pelo domingo maravilhoso que me proporcionou."

16. A coisa certa. Na segunda de manhã cedo, o chihuahua saiu às pressas do estúdio em Prenzlauer Berg. Ainda tinha de passar em casa antes de seguir para o laboratório. Doze horas depois, às sete da noite, como combinado, o Rato bateu a sua porta, iam jantar num restaurante da Bergmannstrasse, e o chihuahua já não era o mesmo. Estava arisco, não correspondia

aos gestos do Rato, que se retraiu assim que se deu conta, depois de beijá-lo na entrada. O Rato se acomodou no sofá e esperou que o chihuahua viesse sentar a seu lado, mas o chihuahua preferiu a poltrona puída do outro lado da mesa de centro. Mantinha distância, fitava o Rato, em silêncio.

"Vamos jantar?", o Rato perguntou, tentando quebrar o gelo, que se prolongou no restaurante. E, para vencer o jantar, que àquela altura já lhe parecia intransponível, bebeu mais do que devia. Achou que não fossem chegar juntos ao fim da noite. Foi o chihuahua quem insistiu, na saída do restaurante, em ir com ele ao estúdio em Prenzlauer Berg, e foi o chihuahua que abriu suas calças e chupou seu pau assim que entraram no apartamento. O erro do Rato foi, encorajado pelos avanços do chihuahua, tentar penetrá-lo, bêbado, sem atentar para que estava sem camisinha. Foi um erro de consequências desmedidas, que o Rato não podia prever. O chihuahua reagiu como se o tivessem estuprado. O Rato tentou argumentar, pediu desculpas, disse que não era assim tão sério, de fato não tinha acontecido nada, ele nem chegou a penetrá-lo, não pretendia violentá-lo, disse que o amava, só queria seu bem. Mas o chihuahua fechou o tempo, virou para o lado e dormiu, não sem antes pedir ao Rato que não se fizesse de vítima. O Rato dormiu mal, com uma pedra no peito. Mal se falaram no dia seguinte ao acordar. Quando já estava saindo, sempre no mesmo tom emburrado, o chihuahua admitiu que estaria livre às oito e meia para jantar. Os dois ficaram de se encontrar num restaurante austríaco ali perto. O Rato faria a reserva.

Às nove e meia, ele continuava a esperar o chihuahua, diante de uma garrafa de vinho branco pela metade. Foi quando o chihuahua mandou uma mensagem, avisando que chegaria atrasado. Chegou às dez. Passaram praticamente todo o jantar em silêncio. Ali, o Rato teve certeza de que tudo estava terminado, sem que ele entendesse exatamente como nem por quê. Estava triste, mas pelo menos estava livre. Faltavam apenas alguns minutos para nunca mais ver o chihuahua. Tinha sido vítima de uma alucinação romântica que, embora intensa, pelo menos havia durado pouco. Olhava para o outro com um sorriso sem graça, ao mesmo tempo lamento e resignação de quem já não quer saber onde é que deu errado. E o chihuahua lhe retribuía o mesmo olhar, como um espelho.

Saíram do restaurante em silêncio. Mas, assim que pisaram na calçada, em vez da despedida que o Rato esperava, como o condenado espera a forca, o chihuahua o beijou, tomou-o pela mão e seguiu, de mãos dadas pelas ruas, liderando o caminho, rumo ao estúdio de Prenzlauer Berg.

Assim que viraram a esquina, o chihuahua largou a mão do Rato e correu para o edifício a cinquenta metros, como uma criança. Quando o Rato chegou ao quarto andar, o chihuahua já estava lá, na porta do estúdio, os olhos brilhantes, um cãozinho à espera do dono.

O Rato pensou duas vezes antes de deixá-lo entrar, hesitou em pedir que fosse embora. Ainda estava apaixonado, por maior que fosse o cansaço e a tristeza. Bastou abrir a porta para que o chihuahua entrasse no apartamento como uma flecha. E bastou que o Rato sentasse no sofá para que o chihuahua pulasse em cima dele, como um animal de estimação, e insistisse em beijá-lo até vencer sua resistência, até fazê-lo abrir a boca.

"Você está chorando?", o Rato perguntou, como se o desejasse, afastando um pouco o rosto e olhando para os olhos secos do chihuahua.

"Sim", o chihuahua respondeu.

17. O dia seguinte era o último. Como de costume, só se veriam à noite, na hora do jantar, por conta do trabalho do

chihuahua no laboratório. O Rato saiu para comprar um presente para a filha e outro para a mulher. Teria que arrumar uma desculpa para explicar sua passagem por Berlim depois de Bruxelas, onde as duas ainda pensavam que ele estivesse. Comprou um vestido para a mulher e uma raposinha de pelúcia para a filha, mais por negligência do que por qualquer outra razão, sem atinar na espécie, sem se dar o trabalho de reconhecer o animal. Foi a um museu, a uma livraria, comprou o livro de um escritor húngaro de quem tinha ouvido falar, caminhou a esmo pelo centro e, lá pelas tantas, voltou para casa e se pôs a ler. Era a história de uma gangue que assumia a identidade dos mortos para cometer todo tipo de crime e falcatrua no curto período entre essas mortes e seu atestado. Tinha um título canhestro, talvez uma má tradução: "Durante o não dito".

O chihuahua apareceu às oito para jantar. No restaurante, o Rato lhe perguntou afinal o que ele esperava da relação entre eles.

"Que seja menos intensa", o chihuahua respondeu, irritado. "Você não é meu namorado, você é meu amante."

A intensidade era resultado de um problema com o tempo, de uma urgência, de uma rapidez e de uma impaciência insustentáveis, como se, correndo contra a morte, eles se aproximassem dela. Resultava também de uma extemporaneidade que dava à relação contornos exaltados e artificiosos da pior literatura romântica. Tinha sido o Rato quem primeiro falara em intensidade para definir o laço que os unia. Agora, pagava com a língua.

"Nesse caso, o que eu posso te adiantar, como se você já não soubesse, é que continuo apaixonado. Não existe a possibilidade de tornar a relação menos intensa. Ou é ou não é", o Rato disse, tentando se desvincular da mágoa.

"Você está me devolvendo?"

"Estou."

* * *

Logo no início da correspondência entre os dois, o chihuahua lhe enviara uma foto de juventude, do tempo em que atravessara o México de carona, sendo detido a cada posto policial. Via-se um rapaz franzino, sem camisa, com o cabelo nos ombros e a expressão de rebelde sem causa. O Rato lhe respondeu que, se o tivesse conhecido naquele tempo, e se tivesse lhe dado carona, certamente o teria sequestrado. A ideia encantou o chihuahua. Ser sequestrado fazia parte das suas fantasias. Na época, ele disse ao Rato: "Você não sabe com quem está lidando. Se tivesse me sequestrado na estrada, no México, logo teria se arrependido. Eu não dava nem uma semana para você me devolver a meus pais, com um pedido de indenização por perdas e danos".

Quando o garçom veio tirar os pedidos, o Rato escolheu uma salada de aspargos, de entrada, e um peixe grelhado como prato principal. E o chihuahua o fulminou com os olhos.

"Que foi?", o Rato perguntou.

"Você vai comer salada de aspargos?"

"Qual o problema?"

"Tem certeza? Eu estava pensando em outra coisa depois do jantar, mas tudo bem."

"Que outra coisa?"

O Rato demorou a entender o que o chihuahua continuava tentando lhe dizer, agora em silêncio, pela força do olhar.

"Ah! Desculpe", o Rato disse, sem graça, virando-se para o garçom. "Acho que vou trocar a salada de aspargos pelo foie gras."

O interesse do Rato pelas histórias escabrosas que o chihuahua tinha para contar não passara despercebido ao chihuahua quando se encontraram na Cidade do México. Para satisfazê-lo, ele contava o diabo (o que fizera e o que não fizera na vida, como se tivesse feito) em detalhes. Mas a excitação do ouvinte também pode excitar o mitômano a ponto de fazê-lo meter os pés pelas mãos. E, assim como a ficção se desfaz no instante em que se revela, o interesse do Rato foi se convertendo em escárnio conforme o encanto do chihuahua com o que ele próprio contava o levava a exagerar nas tintas até a contradição infantil.

"O máximo a que cheguei foi penetrar um homem com os dois punhos. Não gosto de vísceras."

"É mesmo? Com os dois punhos?", o Rato exclamou, na época, demonstrando espanto, com a atenção paternalista de quem dá trela às fantasias de uma criança.

E o chihuahua replicou daquele jeito sério que também é peculiar às crianças que se julgam precoces e que, no seu caso, podia preceder tanto um sorriso maroto quanto um ataque de nervos: "*Fist fucking*. Espero que você não esteja muito chocado".

"Não, ao contrário, estou superexcitado."

Desconfortável mesmo, mas sem que o chihuahua tivesse se dado conta, o Rato ficara dias antes, quando entre um assunto e outro, discorrendo sobre suas preferências na cama, o chihuahua se lembrou de que "tinha" um negro: "Ah! E tenho também um negro. Vem quando eu chamo, mas é muito burro".

Na última noite que passaram juntos no estúdio de Prenzlauer Berg, o Rato mijou no chihuahua. A ideia era essa mesmo. O Rato não tinha experiência. Teria preferido a salada de aspargos ao foie gras. Mas o cheiro do aspargo revolvia o estômago do chihuahua.

18. O voo do Rato saía de Tegel às nove da manhã. E ele ainda tinha que fazer uma escala em Bruxelas. O chihuahua o

ajudou a descer a bagagem. Os dois se despediram enquanto o motorista fechava o porta-malas. Quando o táxi passou por ele, que andava pela calçada na direção da estação de metrô, o chihuahua levantou a mão, mas logo a recolheu, com uma expressão envergonhada, sem saber se o Rato olhava ou não para ele por trás do vidro escuro do carro.

No caminho para o aeroporto, ele recebeu três e-mails, que diziam o seguinte: 1) "A primeira coisa que faço ao entrar em casa é… te escrever. Estou tão triste. Já não jantaremos todas as noites. Já não dormiremos juntos. Também fiquei contente. Passei momentos muito lindos e muito intensos. Não vou esquecer. Obrigado por ter vindo. Espero que faça uma boa viagem. Espero que voltemos a nos ver… Te amo muito"; 2) "Enquanto você deixa para trás o solo berlinense, eu me envergonho dos meus caprichos. Lamento ter me irritado. Como fui burro em desperdiçar o tempo que eu podia ter passado com você! A tristeza me servirá de lição. Queria que você voltasse para Berlim e que tudo pudesse recomeçar de novo. Tua tristíssima raposinha mal-educada"; e 3) "Agora que você já não está aqui e que eu sinto cruelmente a tua falta, percebo o quanto te amo".

Tudo podia (e parecia) ter acabado ali, se não fosse pelo livrinho que o Rato recebeu de presente duas semanas depois. O título *Tratado sobre o amor* ficava ainda mais sugestivo quando se levava em conta que a tese que consagrara o Rato se chamava *Tratado sobre a violência*. Na página de rosto, o chihuahua escrevera uma pequena dedicatória: aquele texto o salvara das lágrimas às quais tinha sucumbido nos dias seguintes à despedida dos dois, em Berlim. Mais do que a defesa de uma tese, o livrinho era o depoimento de um velho filósofo marxista que, na contracorrente de seus pares e com base em sua experiência pessoal, comparava a relação amorosa aos esforços e dificuldades da construção de uma sociedade socialista. O filósofo associava o amor a uma utopia. O Rato se encantou com a ideia. Não havia ali nenhum cinismo, nenhum sarcasmo. E, se o autor pecava por inocência, era conscientemente e de propósito, em nome de uma vida melhor. É claro que a boa vontade não bastava, mas, por mais irrealista que fosse a ideia, ainda era melhor do que o mundo em desilusão permanente com o qual o chihuahua insistia em confrontar o Rato, como se tivesse uma lição de realidade a lhe dar e estivesse decidido a lhe abrir os olhos por meio de uma técnica traiçoeira e ambígua, que combinava a inconstância com sinais contraditórios. Um homem apaixonado não tinha como não se identificar com o elogio do amor. Mas, como não podia deixar de ser em se tratando do chihuahua, a decepção veio a cavalo. Bastou o Rato lhe agradecer o presente, citando passagens do livro que o tocaram em especial, por tê-las identificado à relação entre eles dois, para entender, pela resposta dissimulada do chihuahua, que ele não o havia lido. O livro era só mais uma isca. O chihuahua o enviara, um pouco por inconsequência, um pouco por provocação, sem saber do que se tratava, simplesmente por causa do título.

Encenando uma tristeza postiça, ao mesmo tempo que alimentava a fantasia romântica, o chihuahua gerenciava a tristeza do Rato, à distância. A história das lágrimas, por exemplo, tinha começado já na noite em que se conheceram na antessala do teatro em Berlim, em parte por culpa do Rato. Depois da peça, quando começaram a falar de casamento, no restaurante, o Rato disse à professora universitária, ao Palhaço e ao chihuahua, o qual o ouvia com extrema atenção, que foi no dia em que viu sua mulher chorar pela primeira vez por sua causa que ele afinal entendeu que nunca mais poderia se separar dela. Desde os primeiros e-mails, o chihuahua se fez choroso, embora o Rato nunca o tivesse visto derramar uma única lágrima.

Aos poucos, voltaram os e-mails apaixonados e com a intensidade proverbial que o chihuahua dizia querer evitar. Ele manipulava descaradamente o Rato, que já não estava em condições de reagir a coisa alguma. Estava um trapo, só ele mesmo não sabia. E aquilo durou até o Rato zombar de uma piada do chihuahua, o que bastou como pretexto para gerar um novo atrito.

"Senso de humor um pouco bizarro", respondeu o chihuahua, que até então detinha o monopólio da comédia.

Mais seguro do que nunca do seu amor, o Rato quis reparar o mal-entendido, falando com ele por Skype, o que não faziam desde antes de sua ida a Berlim. Não entendeu a armadilha. Aquela era a oportunidade que o chihuahua esperava. Era uma tragédia anunciada, em que só o Rato continuava a improvisar. Com perfeito domínio das reações da presa que ele vinha estudando fazia meses, o chihuahua atendeu o Rato e o acuou num impasse para o qual não restava outra saída senão terminar com aquela história de uma vez por todas.

"Olhe bem o que você está fazendo. Não tenho nada a ver com isso. É você quem está tomando a decisão. A responsabilidade é toda sua. E é você quem vai sofrer as consequências", o chihuahua lançou a imprecação ao Rato, do alto da sua falsa inocência, enquanto o observava estrebuchar. Saía de cabeça erguida e mãos lavadas, deixando o Rato perplexo e aos gritos, percebendo que fora vítima de um engodo, forçado a abrir mão do amor. Quando o Rato desligou, furioso, uma única palavra martelava sua cabeça.

Perdeu.

III. O PALHAÇO

1. "Onde está o detonador?", o Rato pergunta em inglês ao homem ferido no chão, o corpo coberto de explosivos.

Uma nevasca tinha fechado os principais aeroportos do Meio-Oeste, desencadeando o caos por toda a malha aérea do país. O voo de Nova York para Berlim tinha um atraso previsto de no mínimo duas horas, o que significava que estavam com sorte. Outros voos tinham sido cancelados. Quando o Rato chegou ao portão de embarque, a sala de espera já estava repleta. Havia gente dormindo nas cadeiras e refestelada pelo carpete azul. Ele procurava uma tomada para recarregar a bateria do computador, quando avistou o Palhaço do outro lado da sala, lendo um jornal, sentado no chão, de costas para a parede de vidro que dava para a pista. Teve de olhar mais de uma vez e de mais de um ângulo para reconhecê-lo na contraluz do exterior branco de inverno. O Palhaço também tinha envelhecido naqueles três anos, desde que se viram pela primeira e última vez em Berlim. Era um homem destruído. O cabelo estava mais grisalho e a barba desbaratada só acerbava a ruína. O Rato estava perplexo, paralisado, não tirava os olhos dele. Provavelmente achou que o Palhaço não o tivesse visto, tanto que continuou a fitá-lo de longe, sem constrangimento, como uma criança boquiaberta diante de um fantasma. Até que o Palhaço guardou o jornal na mala de mão, levantou-se e, como se tivesse chegado ao auge da impaciência, também o encarou fixo. Nessa hora, antes de poder pensar no que quer que fosse, o Rato desviou o rosto num ato reflexo de covardia. Quando, segundos depois, voltou a olhar na mesma direção, envergonhado, pensando em cumprimentá-lo, o Palhaço já tinha desaparecido, deixando em seu rastro a impressão sinistra do poder que o Rato atribuía ao chihuahua de converter em morto-vivo quem cruzasse seu caminho.

"Por que um palhaço?", a terapeuta especialista em separações repetiu a pergunta do Rato, só que em outro tom, de explicação, dando por óbvia a resposta, quando ele procurou os préstimos dela pela primeira vez, no fundo querendo entender o chihuahua e por que o abandonara, mas com a desculpa de evitar a separação iminente da mulher: "Por quê? Ora, porque um palhaço disfarça a melancolia. Mal a melancolia desponta e ele já começa a fazer graça. É melhor do que ficar com o melancólico em pessoa, não é?", a terapeuta arrematou, deixando-o mudo, sem poder acreditar que, já na primeira sessão, era essa a imagem que ela fazia dele, de um "melancólico em pessoa", o que afinal explicaria, como uma obviedade, a preferência do chihuahua pelo Palhaço. Mal a especialista em separações tinha feito a pergunta e dado a resposta, entretanto, percebendo a contrariedade do paciente, ela vislumbrou uma exceção (não lhe faltava senso de humor): "A menos que esse palhaço seja como aquele outro que matou a mulher em Boston faz uns anos, não se lembra? Matou a mulher depressiva, depois de fazer de tudo para ela rir, até ameaçá-la com uma faca, como se fosse de brincadeira, para rir: 'Ou você ri ou eu te mato', ele disse, como das outras vezes, para tirá-la do sério e da depressão, mas, em vez de rir, ela afinal revelou, chorando, a razão da sua irredutível tristeza: estava apaixonada por outro palhaço".

Assim que encontrou uma tomada livre na sala de espera do aeroporto, já sem nenhum sinal do Palhaço, o Rato sentou no chão e, enquanto recarregava o computador, tentou voltar ao artigo de revista que começara a ler dois dias antes: "De nada adianta compará-los a outros grupos terroristas. A violência para eles não é um meio entre outros. A violência é o fim e a purificação. Era inevitável que essa violência absoluta, religiosa, exercesse uma atração irresistível sobre jovens dispostos a abandonar o conforto de vidas anódinas e trocá-lo pela aventura do horror. As adesões crescem dia a dia e a expressão de felicidade em seus rostos, enquanto degolam indivíduos e trucidam populações, leva a crer que sejam os adoradores de um novo culto da morte em massa".

Tinha lido várias vezes o mesmo parágrafo sem conseguir terminá-lo, nos dois dias anteriores. Sempre era interrompido antes de chegar ao fim. Ou era um e-mail urgente de trabalho ou um telefonema da ex-mulher ou a secretária lhe avisando que o táxi já tinha chegado e o esperava embaixo. No aeroporto, era outro tipo de distração que o impedia de avançar além daquele parágrafo. Não havia meios de entender o que estava escrito, por mais simples e cristalino que fosse. Sua atenção tinha sido capturada pela visão e pelo desaparecimento do Palhaço. Restava a assombração. Quando chamaram para o embarque, ele ainda não tinha se dado conta de que passara duas horas esperando.

* * *

2. "*Do we know each other?*", o Palhaço perguntou enfim, só para ser desagradável, quando entendeu que não lhe restava escolha senão sentar ao lado do Rato, depois de evitá-lo na sala de espera e na fila de embarque. O avião estava lotado. "*I'm afraid we do*", o Rato respondeu, já arrependido da afetação involuntária da frase. Não teria dito aquilo em nenhuma outra língua. Nunca tinham se falado em inglês. E, em inglês, a frase estava pronta. Mas "conhecer" não era bem a palavra. Encontraram-se uma única vez, três anos antes, quando o alemão, que os dois falavam mal, como estrangeiros, lhes servira de língua franca. Assim como o Palhaço, o Rato tampouco acreditou quando o viu na sala de espera, tanto que virou a cara num ato reflexo de covardia quando ele o encarou. Já não era pouco que estivessem no mesmo avião. Nunca lhes passaria pela cabeça que pudessem acabar sentados lado a lado num voo de sete horas entre Nova York e Berlim.

Desde o instante em que os viu pela primeira vez, na antessala do teatro em Berlim, o Rato impressionou-se profundamente com o amor do Palhaço pelo chihuahua, sem que isso o tivesse levado a pensar duas vezes antes de tentar destruí-lo. Nem o orgulho nem o encanto do Palhaço pelo chihuahua — que se confirmavam nas fotos que os dois postavam em seus respectivos Instagrams — foram capazes de frear o desejo do Rato. Ele próprio já não descartava que o amor de um pelo outro o tivesse antes encorajado, desde que a terapeuta especialista em separações lhe dissera que o seu era um caso clássico e que possivelmente ele nunca teria se apaixonado se o chihuahua não fosse casado, se não houvesse "um terceiro elemento". A princípio, tentou se convencer de que fossem apenas bons amigos. Mas, mesmo quando já não havia meios de se enganar, quando soube que estavam juntos e que viviam juntos fazia anos, não retrocedeu. Ao contrário, avançou com um ímpeto inédito em sua vida amorosa. Em poucos minutos já não estava nem aí para a felicidade alheia e para o infortúnio que o seu desejo podia causar aos outros. O apelido "chihuahua" só lhe ocorreu bem mais tarde, talvez tarde demais, quando enfim entendeu a economia do casal: o Palhaço o levava para passear, fazia todas as suas vontades e o deixava brincar livremente com quem ele encontrasse na rua, como um cãozinho de estimação pulando nas pernas de estranhos e cheirando o rabo de outros cães, até que se aborrecia com o desprendimento excessivo do animal e o arrastava de volta para casa, na coleira.

O Palhaço enfiou a mala de mão no bagageiro e despencou no assento, sem disfarçar a contrariedade. Assim como o chihuahua, ele também tinha um lado infantil. Não era à toa que estavam (ou estiveram) juntos. Mas, ao contrário do chihuahua, era um homem grande. E estava inconformado. Entre mais de trezentos lugares, por que tinha ido parar justo ali, ao lado do homem que tentara roubar o que ele tinha de mais precioso na vida? Ele previra o desastre, conforme avançava pelo corredor do avião lotado, com o cartão de embarque numa das mãos e a mala na outra, esbarrando nas poltronas ocupadas, cujos números ele contava incrédulo, aproximando-se da fatídica fileira onde já estava sentado o último passageiro que ele gostaria de rever na vida. Agora, espremido na poltrona do meio ao lado do Rato, gotas de suor brotavam de sua testa e escorriam pelas têmporas, desaparecendo no emaranhado da barba grisalha, enquanto tentava imaginar uma saída, de olhos fechados ou fitando em silêncio a tela de entretenimento com o logotipo da companhia aérea, no encosto da poltrona a sua frente. Tinha envelhecido mais do que merecia naqueles três anos. E, por um instante, o Rato, o último homem que ele gostaria de reencontrar na face da Terra — que dizer num voo de sete horas entre Nova York e Berlim? —, se solidarizou com o Palhaço. Afinal, o chihuahua também roubara anos de vida ao Rato, com o agravante de ter lhe propiciado uma ilusão tão intensa quanto breve e alguns instantes de prazer e felicidade que a interrupção brusca se encarregara de manter para sempre como um fantasma na memória.

O Rato se lembrava do espírito jovial do Palhaço durante o jantar em Berlim depois do teatro, apesar do aspecto físico mais velho que o do chihuahua. Tinha simpatizado com ele desde a primeira vez que se viram. Se houve alguma desilusão entre o Palhaço e o chihuahua, o germe do mal certamente precedera o Rato. Ou disso ele tentava se convencer, para se eximir da culpa, enquanto insistia em ler o mesmo parágrafo sobre a nova violência sectária, olhando de vez em quando, de esguelha, para o homem grande e triste na poltrona ao lado, suando, com os olhos fechados, o homem grande e triste cuja profissão era fazer rir. Se para o Rato, na breve história que vivera com o chihuahua, promessa e decepção foram sempre indistintas, por mais estranho e paradoxal que isso pudesse parecer, uma dependendo da outra para coexistir em alternância frenética, como ele acabou entendendo, para o Palhaço, ao contrário, a decepção deve ter seguido um processo mais tradicional e lento, como consequência natural de uma ilusão. Pelo menos o Palhaço e o chihuahua puderam desfrutar de anos de vida em comum, e em princípio feliz, antes de descobrir a verdade, ou assim o Rato queria crer.

O Rato disse afinal, fechando a revista apoiada nas coxas: "Olhe, é ridículo, vamos passar sete horas sentados um ao lado do outro, eu queria pelo menos poder explicar o que aconteceu. Nunca desejei nenhum mal a você. Ao contrário…".

"É só uma contingência. E são só sete horas."

"Eu não durmo em avião."

A essa altura, aproveitando que uma aeromoça passava pelo corredor, o Palhaço levantou o braço: "Por favor! Aeromoça!".

A mulher parou para atendê-lo.

"Sim?"

"Será que dava pra me trocar de assento? Estou muito apertado aqui."

"Vai ser difícil, o voo está lotado", ela respondeu, impaciente. "O senhor pode tentar negociar com outro passageiro."

"Estão muito ocupadas com todo esse atraso", o Rato explicou, tentando acalmá-lo, antes que o Palhaço explodisse.

"Olhe só, você não precisaria explicar nada se tivéssemos tido um pouco mais de sorte e estivéssemos sentados ao lado de outros passageiros. Por que não fingimos que somos outras pessoas, que não nos conhecemos, e ficamos em silêncio, lendo, por exemplo?", o Palhaço retrucou, dando ao Rato, inadvertidamente, a abertura que faltava.

"Entendo perfeitamente que você não queira tocar no assunto, mas eu tenho uma parte da história. É uma oportunidade única, percebe? A sorte fez você sentar ao meu lado. Você não vai desperdiçar a chance de ouvir o que ficou faltando, vai? E, só pra adiantar, se for de algum auxílio, posso te garantir que, se eu fui sincero e transparente, ele por sua vez nunca me amou, apesar de todas as declarações. Tudo o que ele disse foi da boca pra fora, eu sei e ponho minha mão no fogo. No fundo, ele nunca te traiu. Só me deu migalhas, com parcimônia calculada, como se me fizesse um favor. Foi só um mal-entendido, um mau encontro, desses que devem ser evitados a qualquer preço. Não sou uma ameaça. E você, pelo menos, foi correspondido."

O Palhaço, que já vinha olhando para o Rato com uma expressão incrédula desde que o ouvira invocar a sorte, como se não lhe tivesse ocorrido antes a riqueza de possibilidades daquele encontro, entendeu que havia chegado enfim a hora da vingança.

"Veio visitar a família?" O Rato sabia que a família do Palhaço era de Nova York.

"Vim participar do Festival Internacional de Mulheres Palhaças", o Palhaço respondeu, deixando o companheiro de voo sem saber se era para rir, enquanto a frase retumbava em sua cabeça: "Festival Internacional de Mulheres Palhaças", "Festival Internacional de Mulheres Palhaças". Ainda procurava entender a piada, se piada havia, quando o Palhaço veio em seu auxílio: "Me apresentei de burca. Quer saber de uma coisa? Naquela noite no teatro, há três anos, quando nos conhecemos, eu gostei de você".

Não era o que o Rato esperava ouvir. Estava lidando com um ator profissional. Não podia se deixar enredar; não podia deixar a nova informação redirecionar o rumo da conversa. Fingiu que não tinha entendido o que o Palhaço queria lhe dizer com aquilo e retomou a frase a seu favor.

"Vocês estavam me esperando, certo? No teatro", ele disse.

O Palhaço sorriu.

"Sabiam que eu ia", o Rato continuou. "Tinham jantado com Adriana (*Adriana era a professora*) duas semanas antes, não foi? Vocês só foram porque ele (*o chihuahua*) queria me conhecer, não é?"

"Por causa da peça", o Palhaço o corrigiu.

"Mas você sabia quem eu era quando entrei no teatro, não sabia? Você sorriu para mim, não sorriu?"

O Palhaço sorriu.

E o Rato continuou: "Ele (*o chihuahua*) sabia quem eu era, não sabia?".

"Você ainda está preso aos detalhes", o Palhaço constatou, num tom paternalista. No fundo, estava dizendo simplesmente: "Você ainda está preso a ele".

Aos poucos, o Rato ia entendendo que arrancar o outro lado do Palhaço seria bem mais difícil do que tinha imaginado. Por mais que tentasse esquadrinhar o chihuahua, continuava diante de uma tela opaca, na qual podia projetar o que quisesse. O outro lado era impalpável.

"Que é que você quer saber de verdade?", o Palhaço perguntou, tentando se ajeitar na cadeira demasiado apertada para ele.

Até ali, embora tivesse havido momentos de dúvida, em que o Rato chegara a suspeitar de um papel mais ativo e consciente do Palhaço na sua desgraça, quis crer que a participação dele no jogo armado pelo chihuahua estivera limitada à cegueira. Achava que a paixão do Palhaço pelo chihuahua não lhe permitira ver que vivia com um monstro. Julgava o Palhaço pelo amor cego que também ele sentira pelo chihuahua, projetava-se no Palhaço, identificava-se com ele, como vítima, e assim acreditava que ainda fosse possível algum tipo de diálogo solidário, que tivessem coisas para dizer um ao outro. E de repente, dentro daquele avião entre Nova York e Berlim, lhe ocorreu pela primeira vez, e com uma clareza assustadora, que a relação secreta que mantivera com o chihuahua durante uns poucos meses pudesse ter sido na verdade bem menos secreta do que imaginara e que, durante essa relação, a qual na verdade se prolongou sem contato, como assombração, por mais dois anos, o Palhaço talvez não tivesse sido vítima, mas cúmplice.

"Quero saber o quanto você sabia", ele disse, com determinação, sem dar ao Palhaço o que o Palhaço queria. E o Palhaço rebateu, sempre sorrindo, mas agora tomando ares de psicanalista: "Você quer saber o quanto *você* sabia".

Encurralado pela extensão da própria ignorância, o Rato se saiu como pôde:

"Quero saber até onde você soube."

"Desde o início."

"Isso eu sei, mas depois, que foi que ele te disse?"

"Depois de quando?"

"Quando rompemos pela primeira vez, por exemplo."

"Quando foi a primeira vez?"

"Um mês depois de nos conhecermos."

Mal terminou a frase e já estava arrependido de tê-la dito, constrangido pela insignificância das datas e da duração do romance.

O Palhaço sorriu de novo, mas, antes que ele pudesse responder, o Rato arrematou com uma última tentativa de reparar o ridículo a que se expunha conforme o diálogo avançava: "Ele quis que a gente parasse de se ver, porque você tinha descoberto".

"Foi o que ele te disse?", o Palhaço perguntou. "Foi a desculpa que ele deu?"

"Disse que você tinha descoberto os e-mails no computador dele. Disse que você chorou muito (ele também), disse que você saiu de casa por uma semana, depois de deixar claro que não se importava que ele visse outros homens, para se divertir, mas não para se apaixonar."

"É mesmo? Ele disse isso?", o Palhaço perguntou, mostrando espanto.

"E disse mais: disse que, no dia em que soube que a gente tinha se encontrado no México, você começou a ter pesadelos horríveis, em que fazia piadas sem graça diante de plateias imensas."

O Palhaço pensou um pouco antes de voltar a abrir a boca. Estavam na cabeceira da pista, prestes a decolar.

"Você sabia que, antes de você aparecer, ele tinha predileção por escritores?"

*   *   *

3. O chihuahua reapareceu depois de três meses, quando o Rato já se convertera num farrapo humano; três meses depois daquela encenação por Skype, na qual o condenara a carregar sozinho o fardo da responsabilidade de ter rompido a relação da qual ele, chihuahua, saía enfim livre e aliviado, sem responsabilidade nenhuma. Enviou-lhe um e-mail de aniversário, ilustrado com a foto da instalação de uma artista contemporânea, onde um grupo de raposas saltitantes, moldadas em resina, participava de uma orgia entre as mesas de um restaurante vermelho. Embaixo da foto, escrevera que não o esquecia. Era mais uma de suas migalhas autorreferentes. Não precisava ter se manifestado, mas queria dar os parabéns ao Rato e confirmar se ele estava vivo, se tinha sobrevivido à ruptura e se ainda pensava nele.

Por alguma razão inexplicável, a mensagem enviada no dia do aniversário chegou vinte e quatro horas depois, quando o Rato já não a esperava, como se também a tecnologia digital dependesse dos contratempos da realidade. A surpresa serviu de pretexto para que, além de agradecer pela lembrança, o Rato pudesse se alongar um pouco mais, fazendo até uma piada sobre o capricho dos deuses (em relação ao misterioso atraso do e-mail) para mostrar que estava muito bem e recuperado.

Como se tampouco esperasse a resposta do Rato, o chihuahua contestou em seguida, o que não era do seu feitio nem da sua estratégia. Aproveitou para contar como tinham sido tristes os últimos meses desde que se desentenderam e se separaram. Tinha saudade do Rato. Não voltaria a incomodá-lo com seus e-mails, mas ficaria contente se de vez em quando recebesse notícias dele. Não era a primeira vez que o Rato lia (ou ouvia) aquilo. Respondeu na medida certa, sem se comprometer. Disse que também sentia saudades, mas que as coisas eram o que podiam ser. E, assim como o chihuahua lhe fizera votos de felicidade, também desejou ao chihuahua uma vida feliz.

Durante outros três meses, não teve mais notícias dele. Até receber o livrinho de um poeta mexicano do qual nunca ouvira falar. Chamava-se A *máscara de Zorro* (era o título do poema principal) e vinha com uma declaração de amor do chihuahua, na página de rosto, em forma de dedicatória.

4. "Escritores?", o Rato perguntou intrigado, ainda sem entender aonde o Palhaço queria chegar.

"Você não sabia? Ele nunca te disse nada? Você foi uma novidade e, de certa forma, uma promoção. Os escritores são o tipo mais frágil. Psicologicamente, quero dizer. São narcisistas e acreditam em qualquer fantasia, até no amor. Você diz a um escritor que ele é genial e ele passa a comer na sua mão, fica dependente da sua palavra. E aí basta falar mal dos livros dele para desmontá-lo. Os escritores são os mais fáceis de derrubar. Ele começou com um poeta, mais tarde passou aos romancistas. Mas você é um homem da razão, um homem forte, que escreve sobre a violência. Você foi um upgrade, um desafio."

"Um desafio?"

"Não era você que trabalhava para uma agência humanitária?"

"Trabalho."

"Então, você luta pelo bem da humanidade, não é isso? Acredita na salvação do homem."

"Ele também, com aquela história de dissuadir o mal pelo olhar."

O Palhaço sorriu: "Ele não imaginava que você fosse tão fácil".

*   *   *

O pouco que o Rato sabia do passado amoroso do chihuahua era o que ouvira do próprio. Além dos incontáveis encontros casuais (categoria em que o Palhaço incluía os pretendidos escritores), tinha havido quatro homens antes do Palhaço. Todos mais velhos. E o fato é que, vítimas ou não, todos acabaram destruídos.

"Tem a ver com a figura do pai", o Palhaço disse, sério, deixando o Rato novamente mudo, sem saber se era para rir. O Palhaço podia dizer as coisas mais extraordinárias, incoerências e chavões com a mesma caradura. "Ele tinha obsessão por escritores. Por isso, quando você apareceu, não suspeitei de nada."

"Que tipo de obsessão?"

"O primeiro com quem ele se envolveu foi um padre poeta vinte anos mais velho, quando ele ainda estava no colégio e não falava com os pais fazia um ano. Não é preciso ser nenhum psicanalista pra entender que uma coisa estava ligada à outra, não?"

"O quê?"

"Padre poeta, você não vê? Ele estava buscando o amor do pai."

"É um clichê de manual de psicologia."

"É sério. Ele reproduz relações de admiração e desprezo, como a que tinha com o pai. Precisa seduzir e derrubar. Do mesmo modo, precisa roubar dos escritores uma coisa que ele não tem e que o pai ficou lhe devendo. Parece abstrato?"

Com efeito, era estranho que a palavra escrita soasse sempre tão falsa nas cartas e nos e-mails do chihuahua, como se as palavras não fossem suas. E era tanto mais estranho que ele insistisse em escrevê-las.

"No início, não suspeitei de nada, porque você não é escritor", o Palhaço prosseguia, com aquela máscara impassível.

"E o que é que ele podia estar querendo comigo?"

"Você combate a violência."

"E daí?"

"Deve ter alguma coisa a ver. Deve ter a ver com a violência da autoridade paterna", o Palhaço prosseguiu.

"E você?"

"Eu o quê?"

"Que é que ele pode querer com você?"

"Nada. Ele me ama."

5. A expressão imperturbável estampada na cara do Palhaço dissimulava uma violência informe, que o Rato demorou a identificar mas que o chihuahua certamente reconhecera quando começaram o namoro. O chihuahua associava à juventude uma violência potencial, ao mesmo tempo sinistra e doméstica, própria dos filmes sanguinolentos de sua adolescência (do gênero *Sexta-feira 13* e *Halloween*), mas também dos jovens, por quem ele se dizia perdidamente atraído, que se mascaravam de Mickey Mouse, Papai Noel, Bozo ou qualquer outro ícone do imaginário infantil, para, infiltrados em manifestações públicas, por exemplo, instilar o terror silencioso da sua simples presença. A máscara lhes permitia cometer atos tão furtivos e anônimos quanto conspícuas eram aquelas figuras incongruentes, destacadas no meio da massa. Em sua tese de doutorado sobre a persuasão do olhar, havia um capítulo sobre as máscaras. Para o chihuahua, os jovens que se apropriavam das máscaras da cultura de massa e do cinema de Hollywood para, convertidos em símbolos anônimos de uma violência essencial e intraduzível, infligir o terror às multidões, embaralhavam os códigos do humor, do infantil e do sinistro.

Aos dez anos, no colo do pai fantasiado de Papai Noel, ele teve a primeira ereção de que se lembrava. Uma ereção correspondida, segundo ele. Um mês depois, a mãe o despachou para um colégio de padres na Cidade do México e é claro que ele associou uma coisa à outra. Menos de um ano depois de o chihuahua ter ido para Berlim, o pai o visitou. Estava desenganado, tinha poucos meses de vida, e era essa a razão não dita da viagem: queria ver o filho antes de morrer. Ao se despedirem, em Tegel, o pai lhe pediu desculpas. Foi a última vez que se viram.

Quando o Rato o encontrou no México, o chihuahua lhe mostrou a casa em Coyoacán onde nascera o colega de faculdade, alguns anos mais velho do que ele, o segundo amante, que veio depois do padre poeta e lhe ensinou tudo o que era preciso saber.

"Tudo o quê?", o Rato perguntou.

"Sobre o sexo."

De fato, o chihuahua era um chupador do caralho.

"E você não vai vê-lo?", o Rato perguntou.

"Não sai de casa há anos. Vive trancado num quarto e sala, à base de remédios, por causa da depressão. É triste."

Era estranho que ninguém saísse incólume do contato com o chihuahua. E ele não escondia um certo orgulho, um sentimento onipotente de realização, sempre que se mostrava penalizado pelo destino dos homens com quem se metera. Ele os listava. O primeiro, o padre poeta, tinha a idade de seu pai e era professor de literatura do internato na Cidade do México. O chihuahua o encontrou, aos dezessete anos, quando atravessava uma crise espiritual, descrita com detalhes em seus cadernos. Não conseguia conciliar o desejo com os mandamentos de Deus. Na época, um colega de classe, procurando ajudar, levou-o ao culto pentecostal frequentado pelos primos e aquilo a princípio até que funcionou como uma espécie de rebelião contra a rigidez católica da escola. O chihuahua descobriu a glossolalia e passou a entrar em transe e a falar línguas desconhecidas, todos os domingos, quando ia escondido ao culto, depois da missa no internato. Era uma forma de extravasar o que a norma jesuítica reprimira e ao mesmo tempo se reconciliar com Jesus. Foi nessa época que o padre, que também era tradutor de Hugo von Hofmannsthal, começou a lhe dar aulas de alemão e o introduziu na literatura. Pouco a pouco, o chihuahua trocou o descontrole inconsciente do transe pentecostal pelo domínio da razão poética. Graças a Hofmannsthal, passou a falar da "incompatibilidade entre as palavras e as coisas", sem que para isso tivesse de recorrer ao balbucio de línguas desconhecidas. O chihuahua ficou encantado com a ideia de que a linguagem fosse o limite do mundo, que não o representasse, e que atos pudessem ser cometidos para os quais não houvesse palavras (e para os quais não houvesse o que confessar). Hofmannsthal propunha abandonar a linguagem, substituindo as palavras por epifanias. Por mais paradoxal e incompreensível que aquilo pudesse ser, o transe parecia ganhar na literatura um aspecto bem mais inteligente e elegante do que aquele que revelava no culto pentecostal. O escritor austríaco passou a encabeçar a lista dos seus autores preferidos, todos apresentados pelo padre poeta. A literatura se converteu na carta de alforria que lhe faltava para escapar ao mundo medíocre da família, ao qual até então ele pensara estar condenado. Na verdade, descobriu tudo ao mesmo tempo, a literatura, a liberdade e o sexo. Durante dois anos, o padre gozou de seus favores. E, em troca, lhe ensinou todas aquelas belas coisas literárias, de modo que o chihuahua não se arrependia do preço pago nem nunca pretendeu prestar queixa como vítima de um pedófilo, porque seria, segundo ele, assumir um papel reservado aos perdedores e aos ressentidos — e ele se considerava um sobrevivente e um forte. Graças ao que aprendeu com o padre e sobretudo graças a

Hofmannsthal, ao mesmo tempo que era molestado, por assim dizer e por pouco tempo (porque logo estaria molestando), também entendeu que havia perspectivas muito mais ricas e complexas do que as que delimitavam o universo simplório de sua família de imigrantes. Entre elas, aprendeu a associar o mal à liberdade (e não a liberdade ao mal, como faziam os padres do internato), uma das inversões que, dando forma a um sentimento bruto que antes o atormentara como tentação, passaram a guiá-lo como ideologia, argumento e justificativa de vida. Sob a influência de Hofmannsthal, esboçou poemas juvenis que tratavam de personalidades múltiplas e da impossibilidade de dizer o real. E por um tempo, ao se projetar no padre, também quis ser padre e poeta. Manteve aquela relação enquanto lhe foi útil, até sair do internato. O padre tentou revê-lo depois, quando o chihuahua já estava na universidade, mas foi rechaçado. O chihuahua ameaçou fazer um escândalo, botar a boca no mundo, se ele voltasse a aparecer. Nunca mais o viu. Segundo o chihuahua, que desde então só se referia ao mestre com a gratidão do discípulo, o padre acabou largando a batina e se suicidando.

6. Na primeira tarde que passaram juntos, o chihuahua declamou para o Rato versos de juventude de Hofmannsthal. Era difícil acreditar que ele os tivesse decorado. Eram medonhos. Era muito mais provável que fossem da sua própria lavra e que os improvisasse. Por um instante, o Rato pensou que o chihuahua só podia estar gozando da sua cara. Mas era difícil para alguém que lera Hofmannsthal fazia mais de vinte anos — e, diferentemente do chihuahua, sem grande entusiasmo — refutar o arrebatamento de um fã incondicional que, além do mais, ele estava tentando conquistar.

O chihuahua garantia que, ao contrário do que dizia a história oficial, o escritor austríaco pedira para ser enterrado com o hábito da Terceira Ordem de São Francisco em homenagem a um mexicano do Norte, como ele. À diferença dele, entretanto, o tal mexicano vinha de uma família abastada, de proprietários de terras que o tinham mandado para Viena com o pretexto de ser educado, ao que parecia, para que pudessem esquecer a vergonha de algum ato que ele cometera e para se pouparem de novos escândalos. "Não me pergunte", o chihuahua se adiantou, rindo. "Hofmannsthal conheceu o mexicano por intermédio do filho, Franz, e o introduziu nos círculos literários de Viena. O mexicano acabou voltando para o México e entrando para a vida monástica pouco antes de Franz se suicidar. Como é sabido, Hofmannsthal morreu de um derrame logo após o suicídio do filho."

A história não fazia o menor sentido. "Que é que você está querendo dizer com isso?", o Rato o interrompeu, depois de escutá-lo em silêncio por mais de dez minutos. "Que é que uma coisa tem a ver com a outra? Hofmannsthal era um conservador. E não tinha nada de homossexual. Que insinuações são essas? Quem te contou essa história?!" Mal conhecia o chihuahua, não queria contrariá-lo logo no primeiro encontro, mas o relato não tinha pé nem cabeça.

"O mesmo padre... que me ensinou... tudo o que eu sei... sobre literatura", o chihuahua respondeu, acendendo um baseado e logo desatando a rir.

Antes de cair nas graças do padre que o fez descobrir a literatura, o chihuahua passou por um mau pedaço na escola. A mãe o despachara para o internato quando ele tinha apenas onze anos; àquela altura ela já devia saber o monstro que estava criando em casa. Deve ter se assustado. O chihuahua não perdoou o pai por isso. Em vez de pôr a culpa na mãe, viu uma traição na passividade do pai diante das vontades da mulher. Quando o Rato conheceu o chihuahua, ele raramente falava do pai, enquanto a mãe, a principal responsável por sua transferência para o colégio interno, continuava a obcecá-lo com seu "amor fusional", como ele dizia. Foi um menino muito pequeno e franzino (continuava cultivando a fragilidade como elemento da sedução) e logo aprendeu a tirar vantagem da baixa estatura e da inteligência para conquistar os maiores, os mais velhos e os mais burros, que ele ajudava nos deveres em troca de proteção. Ninguém ousava tocar nele, sob o risco de apanhar dos mais fortes que o defendiam à menor ameaça de ataque. Por conta dessa imunidade na escola, pôde começar a experimentar o alcance de sua ação, sem correr perigo. A questão era saber até onde podia corromper sem se machucar e sem ser desmascarado. Ali começava a educação do perverso, no internato cujo objetivo, aos olhos da mãe pelo menos, era domar o que ela vislumbrara de pior e de mais incontrolável na própria cria.

7. Pouco mais de uma semana depois de se conhecerem, enquanto o Palhaço ensaiava em Hamburgo seu monólogo sobre os neonazistas, o Rato e o chihuahua cruzaram com um homem, em Kreuzberg, que ficou lívido ao ver o mexicano. Foi como se estivesse diante do demônio. Não se cumprimentaram, claro. Passaram um pelo outro, com a cabeça baixa; o estranho em silêncio e o chihuahua falando pelos cotovelos sobre um assunto fortuito, inadequado e incoerente, sobre o qual começara a discorrer com uma urgência repentina.

"Era um ex-amante?", o Rato não se conteve, interrompendo aquele falatório artificioso. Tentou disfarçar o ciúme da pergunta com um ar de troça, mas não foi de todo convincente. O chihuahua aproveitou a fraqueza do Rato para reagir da pior maneira. A pergunta desastrada revelava o potencial doentio de um amante obsessivo e controlador. Para o chihuahua, vinha a calhar. Graças ao ciúme do Rato, ele não precisava falar do homem com quem acabavam de cruzar e que por um instante de fato o desestabilizara. O ciúme era assunto e pretexto suficiente para uma briga. A discussão durou algumas quadras, o tempo de deixá-los exauridos, emburrados e em silêncio pelo resto do caminho até o apartamento onde o Rato estava hospedado. Só uma hora depois de entrarem em casa foi que o chihuahua, com um baseado aceso na mão, tomou a iniciativa de voltar ao assunto como se nada tivesse acontecido, o que em outra circunstância, se já não estivesse apaixonado e à espera de qualquer desculpa para fazer as pazes, teria deixado o Rato em estado de alerta. O que fazia o chihuahua voltar tão à vontade ao assunto, depois de toda aquela cena na rua? "Aquele homem era um colega de escola, do tempo do internato", o chihuahua disse, aparecendo no umbral da sala onde o Rato tentava assistir a um jogo de tênis na televisão.

"Vou fazer um café. Você quer?", o chihuahua perguntou, encostado à porta, como se desse o assunto por encerrado.

Era difícil para o Rato, no estado em que se encontrava, entender que com o chihuahua era preciso desconfiar sempre. Cada frase era um teste e uma etapa calculada do seu programa. Como um animal que prepara o bote, estava atento a cada reação de sua presa. Seus passos dependiam dessas reações. Nunca fora tão fácil quanto com o Rato.

Já com o café numa das mãos e o baseado na outra, percebendo que estava em terreno seguro e que o assunto podia lhe servir a mais uma volta do parafuso, o chihuahua insistiu: "Mas não era meu amante. Não. De jeito nenhum. Nunca transei com nenhum garoto da escola. Não seria burro a esse ponto. A história dele é triste. Foi pego com mais cinco no banheiro. Foram todos expulsos. Tenho pena deles. Deviam estar desesperados. Não sei onde estavam com a cabeça", disse, balançando a sua.

8. "Foi ele quem organizou tudo", o Palhaço o interrompeu. "Ele?!" O Rato já não sabia o que fazer com mais uma revelação. "Foi ele quem incitou cada um daqueles meninos a participar do bacanal. Ele não te disse?", o Palhaço continuou. O avião começava a se afastar da costa da Nova Escócia, numa curva ascendente sobre grandes blocos de gelo, em direção ao alto-mar. "Foi ele quem plantou a ideia de uma orgia na cabeça dos colegas e depois bateu em retirada, ou nem isso, na verdade nem chegou a participar, deixou que caíssem sozinhos, um após o outro."

"Mas ele só tinha quinze anos!", o Rato exclamou, como se a idade fizesse alguma diferença.

"E ainda era virgem. Eu não ficaria admirado se também tivesse alertado os padres, se tivesse delatado os colegas", o Palhaço prosseguiu.

"Vocês já não estão juntos?", o Rato perguntou, enfim, depois de pigarrear, encorajado pelo que lhe pareceu o desabafo de um ex-amante desencantado. Vinha se controlando para não fazer aquela pergunta, a mais urgente e também a que mais o fragilizava, porque traía uma ponta de interesse e de esperança depois de tudo o que dissera e do que ouvira. Bastou perguntar para se arrepender. O Palhaço fechou os olhos (para melhor saborear o primeiro gosto da vitória), virou-se para o Rato, com o rosto esvaziado de qualquer expressão (o princípio da máscara neutra, técnica em que se especializara no curso de palhaços, é manter uma expressão constante para todo tipo de ocasião), e arrematou com uma frase que também não queria dizer nada: "Você sabe como é".

Teria sido natural para qualquer pessoa naquela situação rebater a pergunta com outra pergunta ("Sei?") ou com espanto ("Não, não sei"). Mas ao Rato já não restava nenhuma presença de espírito, já não tinha condições de se defender. Assim como antes passara o diabo nas mãos do chihuahua, agora, dentro do avião, em altitude e velocidade de cruzeiro, sobrevoando o mar de gelo, também ia ficando claro que não era ele quem estava no comando.

"Começou pelo mais burro", o Palhaço retomou o que dizia, depois de cravar o Rato com olhos opacos e a cabeça ligeiramente inclinada, como um cão em busca de entendimento. "Começou pelos colegas com quem tinha mais contato, por ordem decrescente de burrice. Os que ele ajudava nas provas em troca de proteção."

O Palhaço fechou os olhos de novo, por alguns segundos, e voltou a encará-lo com a opacidade do olhar canino que agora lhe servia para disfarçar a felicidade que transbordava em seu íntimo.

"Na verdade, não foi por cálculo; tudo começou por exasperação. Quando já não sabia o que fazer para que o mais burro de todos entendesse a solução mais óbvia de um problema de trigonometria, ele interrompeu a explicação que vinha dando ao idiota e perguntou se ele já tinha notado como outro aluno, um pouco menos burro do que ele mas que também precisava de ajuda nos deveres, olhava para ele, para o mais burro de todos, na hora do banho. O mais burro nunca tinha notado nada, claro, senão não seria o mais burro, mas passou a notar a partir dali, depois de ser alertado, e na lição seguinte, quando voltaram a falar de triângulos isósceles e hipotenusas, confessou que, sim, tinha enfim percebido o tal menino, de pau duro, olhando para ele, na hora do banho."

O Palhaço se aproveitava do interesse do Rato para carregar nas tintas da caricatura e provocar ainda mais a fantasia dele:

"Encorajado pela debilidade intelectual do segundo mais burro de todos, ao qual tentava explicar em vão problemas de química, ele fez a mesma pergunta que já tinha feito ao mais burro de todos, só que invertida, você entende? Perguntou se ele nunca tinha notado o mais burro de todos olhando para ele, o segundo mais burro, de pau duro, na hora do banho. E assim foi associando uns aos outros, despertando o tesão insuspeito de uns pelos outros, mesmo onde antes não havia tesão nenhum, e foi tomando gosto por aquilo até formar uma teia de relações. Não tinha por que participar. O bacanal, para ele, era só um desenho geométrico. Um plano, uma coreografia. Você entende?"

9. Ao contrário do chihuahua, que bastava ser contrariado por um amante para se dizer vítima da paixão sem no fundo sentir coisa nenhuma, o Rato raramente manifestava o amor. Apaixonou-se poucas vezes na vida, sempre com uma intensidade paralisante. A primeira foi na adolescência, quando ainda morava na casa dos pais, no Rio de Janeiro. Apaixonou-se pela filha de uma amiga de sua mãe, que alimentou suas esperanças por meses, até ele ficar sabendo, por terceiros, que a menina estava saindo com outro — que vinha a ser também, por uma infeliz coincidência, o primeiro e único rapaz por quem até então ele se sentira conscientemente atraído. Por alguns dias, graças a uma ilusão narcisista que terminou por ceder à compreensão de que não tinha chance com nenhum dos dois, ele quis crer que

ela pudesse ter notado alguma coisa e, ofendida, estivesse saindo com o rapaz, de propósito, por despeito, para jogar na cara dele, Rato, a quem no fundo ela realmente amava, o que ele tinha dificuldade de disfarçar.

Da primeira vez que transaram, e já refestelados na cama depois de gozar, o chihuahua lhe perguntou, com os olhos brilhantes e mal conseguindo conter a excitação, se ele era do tipo sensível, dos que lidam mal com a rejeição. A pergunta pegou o Rato desprevenido. Nunca pensara naquilo. Quem não lidava mal com a rejeição? Tampouco podia imaginar que a pergunta fosse apenas o início de uma estratégia de desestabilização. "Você se acha feio?", o chihuahua prosseguiu. "Engraçado. Você é do tipo carinhoso, não é? Os alemães são mais performáticos na cama", o chihuahua sentenciou, com calculada ingenuidade. E o resultado foi quase imediato. O Rato não se lembrava de ter brochado até o chihuahua começar a gemer, já na segunda vez que se viram, como se estivesse a um passo de gozar, antes mesmo de ser penetrado. O Rato ainda estava pondo a camisinha e o chihuahua já gemia como uma gata no cio, o que apenas indicava a inutilidade da presença do Rato e a farsa do desejo do chihuahua — ou pelo menos a sua autossuficiência. O Rato ainda estava com o pau na mão e o chihuahua já se contorcia e bufava como se estivesse sendo violentado. Tanto fazia onde estava o pau do Rato ou o próprio Rato.

Seu tesão pelo chihuahua era tão grande que ele mal percebeu que já não estava de pau duro. O chihuahua o consolou com a história exemplar de uma namoradinha de faculdade, no México, que conseguira levá-lo para a cama mas sem que ele chegasse a consumar o ato. Humilhada pelo malogro do empreendimento que ela própria havia arquitetado por pura vaidade (e lutando para sair dali com a cabeça em pé), ela cometeu o segundo erro da noite, bem mais grave do que levar para a cama um homem que só pensava em homens: jogou na cara dele a culpa e a responsabilidade de não ser capaz de se converter em macho. Ela o chamou de maricas, disse que nunca ia esquecer aquela noite. E despertou o monstro. O chihuahua não pestanejou antes de responder que, se lembrar era mesmo o que ela queria, ele a ajudaria a nunca mais esquecer aquela noite. E cortou a própria testa com uma faca, num gesto intempestivo de autoimolação, enquanto a moça gritava e o sangue escorria sobre o rosto dele.

"Ele te disse que cortou a testa?", o Palhaço perguntou, sorrindo. "E você acreditou?"

10. "Foram pegos no banheiro. Me dá pena. Que é que podia passar pela cabeça deles para fazer sexo num colégio de padres? Quer lugar mais visado?", o chihuahua disse, com o café numa das mãos e o baseado na outra. "Os pais foram chamados pelo diretor. Já pensou? Os seis foram expulsos." Falava, balançando a cabeça, como se estivesse acima do desejo, no mais perfeito controle de sua vontade. Ao mesmo tempo, desprezava os que não viviam para o sexo (dizia, com desdém: "Fulano não é sexual") e fazia de tudo a seu alcance para que transformassem o sexo na prioridade de suas vidas. Foi assim com o homem que ele passou a chamar de "monstro", depois de ter vivido quatro anos com ele e de o ter iniciado nos clubes de sexo. O mesmo homem que agora ele desdenhava por ter perdido tudo pelo sexo. "Como é o nome dele?", o Rato perguntou quando o chihuahua lhe disse que o ex-amante era diretor de teatro. "Não impor-

ta. Já não faz nada. Só pensa em sexo", o chihuahua respondeu. Assim como, para sobreviver, o traficante conta com os clientes que ajudou a viciar, ele precisava manter os ex-amantes num laço de dependência. O sexo era seu comércio, embora a rigor não pudesse ser chamado de puto. Era um profissional na cama, o melhor chupador de pau que o Rato conhecera, embora isso não quisesse dizer muita coisa, a paixão aliada ao conhecimento reduzido que o Rato tinha na área não lhe permitia uma avaliação objetiva. "Minha sorte é você não ser cem por cento na cama", o chihuahua repetiu, quando o Rato fechou os olhos, exausto, depois de horas de sexo ininterrupto, na terceira vez que se viram. Julgava os homens por uma escala de "mais ou menos sexuais", baseado em elementos que tinham mais a ver com as aparências e os preconceitos do que com o sexo, para o qual ele se considerava o parâmetro absoluto. Quando o Rato lhe disse que não transava com a mulher fazia dois anos, ele logo rebateu: "E há quantos anos vocês estão juntos? Para mim, seria o mesmo que estar morto".

11. O chihuahua conheceu o diretor de teatro quando um amigo comum lhe pediu ajuda sobre uma dúvida de espanhol numa peça de Lorca que ele estava montando. Na época, o chihuahua vivia com um sociólogo de Leipzig, cinco anos mais velho, que ele conhecera pouco depois de chegar a Berlim, numa exposição. "Comi ele duas vezes na primeira noite", o chihuahua fez questão de dizer ao Rato, na primeira noite que passaram juntos, para que não pensasse que ele era exclusivamente passivo. A declaração soava tão inverossímil quanto tudo o que em seguida o chihuahua viria a dizer ou escrever sobre si, mas ficava ainda mais descabida naquela circunstância, depois de o Rato tê-lo comido duas vezes. Em geral, como o Rato acabaria

entendendo, eram fantasias e projeções que serviam à manipulação e cuja verdade, quando verdade havia, era o exato inverso do que ele estava dizendo. Era como se o chihuahua fosse um espelho distorcido num parque de diversões. Na penúltima vez que os dois se viram, em Berlim, quando o Rato tentou comê-lo sem camisinha e ele reagiu como a vítima indignada de um estupro, o chihuahua acabou dizendo, emburrado, antes de se virar para o outro lado da cama e se calar até o dia seguinte: "Por favor, não se faça de vítima". Era como se falasse a si mesmo, já que era ele quem aparentemente assumia aquele papel. Vítima era a última coisa que o Rato queria representar naquela farsa. Não se sentia nem estava se fazendo de vítima. Ao contrário, estava cego e apaixonado, pronto para ir à guerra e para matar, se preciso fosse. O papel de vítima não lhe correspondia, mas o chihuahua devia repetir a mesma coisa a todos, porque era o lugar que lhes reservava. Viveu com o sociólogo durante três anos, até abandoná-lo da maneira mais horrenda, convidando o diretor de teatro, com quem já estava transando fazia meses, para a festa de aniversário do sociólogo, na casa em que moravam juntos. Como o sociólogo não era exatamente burro, os dois se separaram naquela mesma noite. O chihuahua saiu de casa e foi morar com o diretor de teatro, mas o mais curioso é que, quatro anos depois, ao deixar o diretor de teatro para trás e em frangalhos, voltou a procurar o sociólogo e o transformou em seu melhor amigo e confidente. Ou melhor, transformou-o em sua sombra. Era como se o sociólogo o tivesse esperado durante todo aquele tempo, em suspensão. Nunca mais tivera um namorado. Era uma figura sorumbática, um homem fisicamente devastado e deprimido, que passou a acompanhar o chihuahua como um cão de guarda, sempre disponível, quando o chihuahua estava sozinho ou não tinha coisa melhor para fazer.

* * *

12. Oito meses de silêncio depois da mensagem de aniversário que enviara ao Rato, o chihuahua voltou a se manifestar com mais uma mensagem sonsa, dessa vez como se não soubesse que o Rato seria homenageado, em Bruxelas, pelos serviços prestados à paz. O Rato estava justamente no trem entre Londres e Bruxelas quando recebeu o e-mail: "Desde a última vez que estivemos juntos, no verão passado, seu espectro me acompanha aonde quer que eu vá". Foi um desses raros momentos de felicidade e exaltação, na vida do Rato pelo menos, em que a raiva se converteu em desprezo. Ele deu uma gargalhada. Os vizinhos de vagão, dois executivos que até então se mantinham entretidos com as páginas de economia de jornais flamengos, como se afinal se dessem conta de sua presença entre os passageiros da primeira classe, fulminaram-no com os olhos. O e-mail do chihuahua o libertava do sofrimento dos oito meses anteriores, interrompendo, graças à incontinência da personalidade cabotina do ex-amante, o livre curso das suas fantasias. Durante aqueles oito meses, o Rato imaginara tudo e mais um pouco. Agora, era o próprio chihuahua que reaparecia para se revelar, para lembrá-lo de quem ele realmente era. Por que reaparecia justo quando o Rato seria condecorado, para lembrar-lhe que não passava de um espectro?

Ao longo daqueles oito meses de silêncio, o Rato reencontrou, por coincidência, em mais de uma ocasião, um colega de juventude que ele não via desde quando morava no Rio de Janeiro e que naquele meio-tempo se tornara alto executivo de uma companhia que estava entre os principais patronos das causas humanitárias internacionais.

Quando já não sabia o que fazer para esquecer o chihuahua, o Rato sentou ao lado desse homem, durante um jantar beneficente de arrecadação de fundos para uma organização que promovia a paz em regiões de conflito na África. Era menos um amigo do que um velho conhecido de praia e de balada, que se tornara empresário de sucesso com ambições internacionais e com quem ele não mantinha relações nem fortes nem íntimas mas que militava pelos direitos das minorias, o que fazia dele um interlocutor possível, que calhou de estar à mão quando o Rato mais precisou de um ouvinte para sua história de amor.

"Talvez ele só quisesse ser seu amigo", o empresário tergiversou, tentando cortar pela raiz uma conversa que se anunciava constrangedora. "Como um *pet*", o homem arrematou, com algum sarcasmo.

Bem na época em que o Rato e o chihuahua deixaram de se ver, neurocientistas japoneses descobriram, por meio de uma série de experiências com cães, humanos e lobos, que, quando um cão fita seu dono, aumenta no cérebro de ambos o nível de oxitocina, o chamado hormônio do apego e da empatia. A descarga de oxitocina também é estimulada entre humanos durante o contato visual entre a mãe e seu bebê. O olhar fixo dos cães de estimação arranca o amor dos donos, assim como o dos bebês provoca a proteção dos pais. O mesmo não se passa entre lobos e humanos, o que levou os neurocientistas a concluir que a tática de se servir da oxitocina para conquistar o amor dos homens fora adquirida pelos cães ao longo do processo histórico de domesticação. Uma das neurocientistas que assinava o artigo publicado numa prestigiosa revista científica dava como exemplo o olhar que sua cadelinha, uma Jack Russell que ela resgatara de um abrigo anos antes, lhe dirigia sempre que ela entrava em casa, num esforço, que a cientista definia como "sinistro", de submetê-la aos efeitos da oxitocina. Diferentemente dos cães, porém, o chihuahua não parecia promover um aumento dos níveis de oxitocina no próprio cérebro para conquistar os homens ao fitá-los. Segundo os cientistas, tanto cães como bebês teriam de aumentar os níveis de oxitocina no próprio cérebro para desencadear o mesmo processo no cérebro da pessoa de quem desejavam arrancar amor e proteção, suas vítimas, por assim dizer. E se a oxitocina, como o amor, precisava ser correspondida para ter algum efeito, tanto entre o cão e o dono como entre o bebê e a mãe, o chihuahua era uma aberração entre os animais. De alguma forma, sabe-se lá por quais motivos ao longo da sua história de vida, ele deve ter aprendido a forjar o olhar produtor da oxitocina sem por isso ter de aumentar os níveis do hormônio em seu próprio cérebro, permanecendo exterior e incólume ao amor que produzia nos outros, concluiu o Rato na época, fazendo a ponte entre o artigo e a manipulação que vinha sofrendo.

Outras pesquisas indicavam ainda uma relação não determinante entre níveis de oxitocina em diferentes partes do cérebro, a monogamia e a infidelidade. Indivíduos com níveis de oxitocina três vezes superiores aos normais desenvolveriam uma confiança patológica em estranhos.

O Rato não se abalou diante do sarcasmo do empresário. Era como se não o ouvisse, só precisava falar.

"Então, digamos que seja só um bandidinho, um interesseiro", o empresário rebateu, tentando pôr um ponto final naquela conversa insistente, da qual as circunstâncias o impediam de se desvencilhar. Era a primeira vez que o Rato ouvia da boca de alguém, ou seja, da realidade, a confirmação daquilo de que o pouco de instinto de sobrevivência que ainda lhe restava vinha tentando convencê-lo, em vão, contra a armadilha da idealização do amor. Era a primeira vez que ele falava sobre o assunto com outra pessoa além da terapeuta especialista em separações. A surpresa o fez titubear e, numa reviravolta inesperada, respondeu irritado, assumindo o papel de advogado do diabo: "Como é que você pode saber? E, depois, interesse em quê?".

13. "Você acha que eu não te vi na plateia?", o Palhaço perguntou ao Rato, quando já sobrevoavam a costa da Irlanda.

O teatro ficava num beco escuro, numa zona indefinida entre Moabit e Wedding, onde o Rato nunca tinha nem teria posto os pés se não soubesse que estava em Berlim, uma cidade de onde o risco fora banido pela irrealidade de uma situação histórica excepcional. Berlim se convertera numa Disneylândia para adultos depois da queda do Muro. Tudo era possível, experimentar todas as drogas, todos os tipos de sexo, andar à noite, em qualquer lugar, por mais ermo que fosse, sem a realidade do perigo. Berlim era o frio no estômago, sem consequências. Era o susto de ouvir uma exclamação ("Perdeu!") sem o tiro consecutivo. É claro que ele não teria ousado assistir ao espetáculo do Palhaço enquanto ainda estivesse em contato com o chihuahua, mas bastou deixar de vê-lo (e pensar que nunca mais o veria) para que a ideia começasse a tentá-lo, nem que fosse para entender o que o chihuahua tinha visto naquele homem.

"Não basta o amor", a terapeuta tentou explicar ao Rato, assim que o viu naquele estado, depois de a ruptura com o chihuahua ter lhe despertado a consciência do fim de seu próprio casamento, levando-o a procurar ajuda profissional. Tinha combinado com a mulher que tiraria um ano sabático para poder acompanhá-la e à filha, caso ela ganhasse a bolsa para Berlim, mas, quando afinal saiu o resultado, foi ela quem lhe disse, para sua surpresa, que preferia que ele não fosse. Estavam se separando. Ele ficou em Nova York. Visitava a filha a cada dois meses. Nessas circunstâncias, assistir à peça do Palhaço, assim como tudo o que o mantinha obsessivamente ligado ao chihuahua agora que já não o via, só poderia servir para rebaixar ainda mais seu ego já em frangalhos. Mas foi o que ele fez na primeira oportunidade, numa de suas visitas à filha. As contradições são sempre maiores que a consciência das contradições, assim como o desejo é sempre mais forte que a razão. E, se ele tomou algumas precauções antes de ir ao teatro, foi graças ao fiapo de amor-próprio que lhe restava. O pior que podia suceder seria acabar reconhecido pelo Palhaço, entre os outros espectadores, na sombra da plateia. Sempre teve horror dos espetáculos que incluem a participação involuntária do público. Ser chamado ao palco, para acabar confrontado e desafiado pelo Palhaço, em cena, sob o riso, os assovios e os aplausos da plateia, era um pesadelo que ele preferia não imaginar. Cogitou usar uma barba postiça, mas a possibilidade de ser desmascarado em público, sob os holofotes, lhe parecia ainda pior que a de ser simplesmente reconhecido. O inverno contava a seu favor. Usaria um sobretudo, levantaria a gola, como um detetive à moda antiga, caminhando à noite, dentro da bruma de uma rua de San Francisco, num filme B. Arrumou um chapéu, enrolou uma echarpe no pescoço e saiu do hotel, tendo calculado o tempo exato para chegar em cima da hora e assim evitar a espera e a possibilidade de ser reconhecido na antessala. Seria, além disso, uma péssima lembrança. Chegou quando o público já começava a entrar. Eram cerca de trinta espectadores numa sala com capacidade para cem. Ele sentou na última fila; não havia lugares marcados. O cenário, todo preto, se resumia a duas cadeiras no centro do palco. As luzes da sala se apagaram e, quando as do palco acenderam, o Palhaço já estava sentado, com as pernas cruzadas, numa das cadeiras. Estava vestido como se não fosse palhaço, de modo informal. Usava um pulôver verde-musgo, calças escuras e tênis. Alguns espectadores começaram a rir assim que o viram em cena. Era um riso automático, nervoso, que logo se dissipou. O Palhaço olhou para o público, em silêncio, e sorriu. Por um instante, enquanto o Palhaço passava a plateia em revista, o Rato temeu que o tivesse reconhecido no fundo da sala e que aquele sorriso lhe fosse dirigido, como o anúncio malévolo do que estava por vir. Os alemães (supondo que fossem alemães na maioria) voltaram a rir, agora do sorriso do Palhaço. Era como se obedecessem a uma convenção e rissem por saber que estavam diante de um palhaço. Até então, não havia a menor graça. O Palhaço esperou que parassem de rir e começou a falar. Era um diálogo no qual ele fazia os dois papéis, falava por si e pelo interlocutor que supostamente estaria sentado na cadeira vazia a seu lado e que cabia ao espectador imaginar.

"Não posso falar", o Palhaço disse, dirigindo-se à plateia. "Uma voz me pergunta: 'Como é que você está se sentindo?'. Afinal, que pergunta é essa? Deve estar de sacanagem. Só pode estar de sacanagem. Todo mundo sabe que só ouço, não posso responder. Não posso nem piscar os olhos, nem mexer o dedo pra dizer sim ou não. Quem é o imbecil que vem me deixar ainda mais irrequieto e irritado com uma pergunta que não faria sentido nem se eu pudesse respondê-la. Eu penso numa resposta à altura da imbecilidade da pergunta, alguma coisa do tipo: 'Eu estou bem, estou muito bem, muito bem mesmo', e por incrível que pareça, mesmo sem que na realidade eu tenha conseguido articular resposta alguma, ele me entende, antes mesmo de eu dizer o que quer que seja, antes mesmo de eu abrir a boca, o que eu não poderia nem se quisesse. Mas ele diz: 'Não é a boa resposta. Eu esperava a boa resposta'. Boa resposta? Que merda é essa? Vocês estão entendendo? Eu não posso abrir a boca, estou imobilizado nesta cama, não posso dizer nada e ele (*o Palhaço apontava para a cadeira vazia a seu lado*) me diz que não é a 'boa resposta'?"

A plateia riu.

"Para podermos começar", o Palhaço disse, agora, como se respondesse pelo outro, na cadeira ao lado, vazia.

"'Começar o quê?', eu pergunto, entendendo por fim que, para falar com meu interlocutor, não preciso abrir a boca."

"'Nossa conversa', ele responde."

"Não estamos conversando?"

"Honestamente? Não."

"E o que é que estamos fazendo? (*silêncio*) Vou repetir. Eu perguntei: Que é que estamos fazendo?"

"Estamos nos apresentando."

"Nos apresentando?"

"Nos conhecendo."

"Não é uma má resposta."

"Tampouco acho eu."

"'Você fala bonito, enrolado', eu digo."

"É só o começo. Você ainda não ouviu nada."

"Por que é que eu tenho que conversar com você?"

"Ainda não estamos conversando."

"Estamos nos apresentando. Esqueci, é verdade. Então, apresente-se."

"É o que estou tentando fazer."

"Certo. E qual é o seu nome? (*silêncio*) Eu perguntei: Qual é o seu nome? (*silêncio*) Tudo bem. Diz que quer conversar, diz que está se apresentando, mas não quer dizer o nome. O.k. Eu preferia ficar sozinho agora. (*silêncio; vira-se para a cadeira vazia a seu lado*) Você ainda está aí? (*silêncio*) Você pode me deixar sozinho, por favor? (*silêncio, a plateia riu*) Acho que tenho esse direito, ou não tenho? (*silêncio*) Ou não tenho? (*silêncio*) Você ainda está aí? (*silêncio*) Está? (*silêncio*) Ei! Qual é o seu nome? (*silêncio*) Se você quiser ficar, vai ter que pelo menos dizer o nome. (*silêncio*) Você quer que eu siga falando sozinho?"

"Me chame do que você quiser. Cada um me chama de uma coisa", o Palhaço disse no lugar e com a entonação que já vinha atribuindo ao interlocutor.

"Vamos acabar de uma vez com essa merda. Qual é o seu nome, porra!?"

"Deus."

A plateia riu.

"(*silêncio*) Qual é a sua? Está a fim de me sacanear? Onde é que eu estou?"

"Está num hospital, em Berlim. Charité."

"Charité?"

"Você não lembra? Está em coma."

"Em coma?!"

"É! Em coma, desacordado. Por que é que você acha que não consegue falar nem piscar os olhos nem mexer os dedos?", Deus perguntou.

"Eu sei o que é coma, estado de coma. Não precisa me explicar."

14. Foi o sociólogo quem indicou ao Palhaço o caminho das pedras quando ele quis procurar um grupo neonazista como parte da pesquisa que precedeu seu espetáculo *A última reencarnação de Hitler, uma peça psicografada*. O sociólogo, ex-namorado reduzido a sombra do chihuahua, tinha colegas que pesquisavam grupos neonazistas no norte da Alemanha. O Palhaço frequentou, com uma identidade falsa, como pesquisador e simpa-

tizante estrangeiro, uma dessas células formada basicamente por cinco imbecis adoradores de Rudolf Hess, sob a liderança de um germanista aposentado. (Hess se enforcou em 1987, aos noventa e três anos, na prisão de Spandau, nos arredores de Berlim, onde permanecera como único e último preso desde 1966, o que lhe valeu a alcunha infame de O Homem Mais Solitário do Mundo. Depois de sua morte, a prisão de Spandau foi demolida para evitar peregrinações em homenagem a ele.) Sob o pretexto de divulgar as ideias do grupo para conterrâneos neonazistas americanos, o Palhaço participou por quase dois meses dos encontros semanais da organização Vida e Pátria, em Rostock, o tempo de entender como pensavam e de ser desmascarado. Teve de fugir na neve (em mangas de camisa, deixando para trás o casaco, a echarpe e o chapéu) para não ser espancado, no dia em que afinal descobriram sua verdadeira identidade e que ele era judeu.

O material que recolhera nesses encontros foi suficiente para criar o personagem de um poeta mexicano (homenagem ao chihuahua) que vai à Alemanha com uma bolsa de estudos para escrever um livro de poemas e é confundido com a reencarnação de Rudolf Hess. (Em 1941, Hess deixou a Alemanha num voo solitário até a Escócia, uma suposta tentativa de negociar uma trégua com o inimigo, sendo preso pelos ingleses imediatamente depois de pousar.) Na peça, o poeta mexicano é esmurrado até o coma quando o grupo de neonazistas que o acolheu calorosamente descobre que foram ludibriados e que ele não é a reencarnação de Rudolf Hess. Concebida pelo Palhaço, a peça se resumia ao diálogo entre o poeta em coma, numa cama de hospital, em Berlim, e Deus, que, depois de lhe contar sobre seu encontro com os neonazistas adoradores de Hess (assim como Hess durante os julgamentos de Nuremberg, o poeta em coma também está amnésico) e sobre a surra que o deixou naquele estado vegetativo, vai lhe dar duas notícias, uma boa e outra ruim.

Primeiro a boa: depois de muito refletir, Deus decidiu despertá-lo do coma.

Assim como o poeta não entendera a acolhida calorosa dos neonazistas, tampouco podia compreender a reação violenta deles ao descobrirem que ele não era Rudolf Hess, simplesmente porque não sabia quem era Rudolf Hess (além de amnésico, o poeta não era mais inteligente nem menos ignorante do que seus companheiros neonazistas). Era Deus quem lhe explicava tudo. Assim que chegara a Berlim, bolsista com o projeto de escrever um livro de poemas sobre o México insurgente (um assunto dileto dos alemães), foi procurado por um policial da brigada de desmantelamento das organizações neonazistas, já que vinha do Terceiro Mundo, para ajudar com trabalho voluntário no muito bem-sucedido programa de desnazificação, por meio do qual a polícia vinha obtendo enormes êxitos, apresentando estrangeiros "excepcionais" (nas palavras do próprio policial encarregado) a neonazistas, com o intuito de quebrar os estereótipos. Entretanto, o neonazista com quem o poeta foi posto em contato, um sujeito gordinho, com cabelos compridos e louros, que estudava literatura latino-americana na universidade (em homenagem ao continente que acolhera tantos nazistas ilustres depois da guerra), acabou convencido de que o poeta mexicano era a reencarnação de Rudolf Hess. A desnazificação, nesse caso, revelou-se um imenso fracasso. Na peça, Deus explicava ao poeta em coma a razão de ele ter sido tão bem recebido pelos neonazistas: esperavam o Salvador, que viria na pele de um estrangeiro corajoso o suficiente para ir visitá-los em seu reduto (como Hess em seu voo até a Escócia, para falar com o inimigo). Para completar, o poeta apareceu no dia do aniversário da morte de Rudolf Hess. E os neonazistas, sem lhe dizerem nada, logo fizeram a conexão. Quando os policiais da brigada de desnazificação foram informados por um agente infiltrado em outra organização neonazista sobre o papel simbólico que o jovem poeta mexicano havia assumido inadvertidamente, não lhes restou outra saída senão eliminá-lo, antes que a situação saísse de controle e ele se convertesse em objeto de veneração e culto de mais grupos neonazistas. Os policiais espalharam o rumor de que o poeta trabalhava para a polícia. Mas o poeta em coma obviamente não soube de nada disso. E era por isso que tudo tinha de ser contado por Deus.

"Hitler não! Os imbecis acharam que você fosse a reencarnação de Rudolf Hess", Deus disse.

"Rudolf Hess?", o poeta mexicano perguntou, intrigado.

"O Homem Mais Solitário do Mundo."

"Por que Rudolf Hess?"

"Porque são umas portas. E porque você apareceu para eles no dia do aniversário da morte de Rudolf Hess. Por uma incrível coincidência, você escolheu o dia da morte de Rudolf Hess para visitá-los pela primeira vez. Rá! E eles vinham discutindo fazia anos o que Rudolf Hess tinha ido fazer na Escócia, naquele voo solitário, bem no meio da guerra. Não suportavam a ideia de que você, quer dizer, Rudolf Hess, pudesse ter fugido, que fosse um traidor. Você era o Messias para eles, entende? Não foi você quem apareceu lá dizendo: 'Não me julguem por um traidor. Sou apenas um poeta'?"

Agora, Deus dava a má notícia:

"Os poetas têm grande imaginação. Fui eu mesmo quem fez você renascer poeta, mexicano e ganhar uma bolsa para viver um ano em Berlim, a despeito de você ser um poeta... desculpe... como dizer?... medíocre?"

156

"Por que precisava me mandar pra Berlim?"

"Pra que você se lembrasse. Afinal, você viveu aqui antes. Mas não funcionou, você não se lembrou de nada e ainda acabou confundido com Rudolf Hess!"

"Antes?"

"Não acabei de dizer que fiz você renascer poeta mexicano e ganhar uma bolsa, pra acabar desacordado num hospital de Berlim?"

"Prove."

"Como assim?"

"Prove que é Deus."

"Deus não aceita desafio."

"Que bobagem! Qual é o problema? Ninguém vai ver. Ninguém está olhando. Prove."

"E se agora eu te dissesse que você foi Hitler?"

"O quê?"

"Hitler."

"Hitler?"

"Sim. Na sua vida pregressa."

"Ai, não. Hitler, não."

"Qual é o problema? Não estava achando bom ter sido confundido com a reencarnação de Rudolf Hess? Hitler é muito mais!"

"Você está querendo dizer que vai me fazer voltar como Hitler?"

"Já fiz. Hitler voltou no corpo de um poeta mexicano, o seu. Tecnicamente, é o que você é, embora esteja em coma, num hospital de Berlim, Charité, e tenha sido confundido com a reencarnação de Rudolf Hess. Que idiotas!"

"Que é que vai acontecer comigo?"

"Depende."

"Do quê?"

"Você vai ter que reconhecer que é a reencarnação de Hitler."

"Não vou reconhecer porra nenhuma. Hitler é você!"

"Você nunca leu a *Introdução ao narcisismo*, de Freud?", Deus perguntou.

"De Freud?"

"De quem mais?"

"E o que é que isso tem a ver com Hitler?"

"Você sempre imaginou que Hitler tinha pau pequeno, não imaginou? Como todo mundo. Pois, é o que tem aí entre as pernas. Mas nem adianta tentar apalpar para averiguar, porque você está em coma. Na *Introdução ao narcisismo*, Freud diz que quem ama 'perdeu uma parte de seu narcisismo, e só pode reavê-la sendo amado'."

"É isso que você acha também?"

"Não acho nada, sou Deus. Quem acha é Freud. É ele quem diz que 'um forte egoísmo protege contra o adoecimento, mas que afinal é preciso começar a amar para não adoecer, e é inevitável adoecer, quando, devido à frustração do amor, não se pode amar'. É um círculo vicioso. Não tem saída."

"Que merda é essa?"

"Achei que estivesse gostando."

"Eu queria ficar só, por favor."

"Hitler também ficava louco com essa frase."

"Ah, é?"

"Porque logo em seguida Freud emenda com o negócio da megalomania e a carapuça…"

"Você também leu essa frase pra Hitler?"

"Você não lembra?"

"Do quê?"

"De quando eu li essa frase pra você?"

"É claro que lembro. Faz menos de um minuto."

"Antes, antes! Na sua vida passada."

"Mas que merda de história é essa?!"

"É o que eu estava tentando te dizer. É uma merda mesmo. Mas você vai ter que pagar."

"Pelo que Hitler fez?"

"Exatamente." Deus riu do poeta mexicano.

"Do que é que você está rindo? Hitler é você!"

"Você, que é poeta, não conhece a frase de Mark Twain?"

"Qual frase?"

"A verdadeira irreverência é o desrespeito pelo Deus dos outros." E aí Deus deu uma gargalhada gostosa.

15. Depois de *A última reencarnação de Hitler*, sucesso absoluto em Berlim, o Palhaço criou mais um espetáculo com a mesma estrutura de diálogos. Mas, ao contrário de *A última reencarnação de Hitler*, a peça foi um fracasso de público e crítica, ficando apenas uma semana em cartaz. Decidido a enfiar o dedo na ferida que os alemães tentavam fechar como era possível, com pensamento positivo e as melhores intenções, o Palhaço achou, pelo sucesso de *A última reencarnação de Hitler*, que estivesse lidando com masoquistas. Quebrou a cara. A nova peça tratava de um filho que entregava o pai à Stasi antes da queda do Muro, na Alemanha Oriental. O espetáculo foi ignorado pelo público e denunciado pela crítica como uma série de clichês concebidos por alguém que tinha uma visão tosca e caricatural da Alemanha.

Quando o Rato foi assistir à peça, havia apenas mais três pessoas na plateia. Como em *A última reencarnação de Hitler*, o cenário se resumia a duas cadeiras, uma delas vazia. O Palhaço fazia os dois papéis sem trocar de cadeira, sempre falando com a cadeira vazia. Mas agora já não tinha a menor graça. Era uma peça terrível, de um menino que se vingava do pai denunciando à Stasi atos que supostamente o pai nunca cometera mas que podia ter cometido, a começar por uma série de perversões ligadas a seu passado nazista. Ao contrário de A *última reencarnação de Hitler*, a peça fora concebida depois do caso entre o Rato e o chihuahua, de modo que o Rato, de alguma forma, também se sentia responsável pelo fracasso do Palhaço.

"Minha relação com meu pai sempre foi estranha, porque nos amamos. A frase não faria nenhum sentido se esse amor não compreendesse o sexo", o filho dizia ao agente da Stasi, para comprometer o pai.

No avião, o Palhaço perguntou ao Rato: "Você achou que ele estivesse possuído por um espírito do mal e que pudesse salvá-lo com o seu amor, não achou? Pensou que a criança inocente que existia nele estava te pedindo socorro, porque estava cativa de um demônio ou de um espírito do mal, não pensou?".

O Rato ficou sem palavras, mais uma vez. De fato, como uma criança possuída, o chihuahua sempre lhe pedia que falasse da violência.

"Você assistiu à minha peça, não assistiu? A segunda, eu quero dizer."

O Rato continuava sem palavras.

"Eu vi você na plateia. Você identificou isso na minha peça, não identificou?", o Palhaço prosseguiu.

"Isso o quê?"

"A encarnação do mal."

"Não", o Rato disse, "não identifiquei nada."

"Pena. Porque era disso que a peça falava", o Palhaço lamentou, e, antes de voltar à carga, fez uma pausa para examinar na tela do encosto da poltrona a sua frente o percurso que o avião fazia sobre o mar do Norte e quanto tempo ainda faltava para chegarem: "Mas em algum momento você acreditou que ele tivesse o poder de fazer o mal, não acreditou? Mesmo à distância, que ele fosse um representante do mal entre os homens, não acreditou? Como se o mal não viesse dos homens, como se ele fosse um representante do diabo na Terra. Vai dizer que não? Acreditou que ele fosse capaz de coisas".

"Que coisas?"

"De espalhar o mal. De ser um pivô da violência. E nessa hora você se sentiu ameaçado, quero dizer, pessoalmente; sentiu a própria lógica do seu trabalho desmoronar. Vai me dizer que não?"

No capítulo que discorria sobre as origens da violência, em sua famigerada tese, o Rato escrevera que os índios araxenos, do noroeste do Brasil, acreditavam que não envelheciam, que eram imortais e que a velhice e a morte eram resultado da maldição concebida por algum povo estrangeiro (por "gente que lhes era estranha", uma expressão recorrente ao chihuahua quando se queixava dos outros) e essa ideologia permitiu que os araxenos prosperassem como uma nação de guerreiros valentes e violentos, conhecidos pela predisposição para a guerra, por entrarem no campo de batalha sem medo de morrer, até serem dizimados pelos brancos, depois de anos de resistência ferrenha. A violência dos araxenos estava ligada a sua autoimagem onipotente, à crença de que eram ao mesmo tempo imortais e vítimas da ação mágica do "outro", ao qual o mal sempre estava associado. Viviam uma espécie de narcisismo coletivo a que chamavam de nação.

16. Pouco depois de o Rato assistir à fracassada peça do Palhaço, a editora de Nova York a quem ele indicara a tese do

chihuahua para publicação voltou a procurá-lo, insistindo que escrevesse o prefácio, e chegando mesmo a apelar para o fato de só ter aceitado publicar a tese porque ele se comprometera a escrever uma introdução. Àquela altura, o Rato já não se esforçava para achar uma desculpa convincente; disse simplesmente que não seria possível. Meses depois, recebeu um e-mail do diretor de um centro cultural importante em Nova York. Queria convidar o chihuahua para falar sobre a violência. Estavam programando a conferência para coincidir com o lançamento do livro. O diretor pedia ao Rato o contato do chihuahua. Devia ter suposto que os dois se conhecessem depois de a editora lhe dizer que o livro era indicação dele. O Rato estava em Berlim, participando de um congresso internacional sobre zonas de conflito. Já não pensava que o chihuahua pudesse aparecer em algum dos debates. Já não ligava. E, de fato, o chihuahua não apareceu. Foi só depois de o Rato passar o contato dele para o diretor do centro em Nova York, e portanto depois de o chihuahua ser convidado para dar uma conferência na cidade por ocasião do lançamento de sua tese nos Estados Unidos, que o Rato recebeu um e-mail sem-vergonha, no qual a dissimulação ultrapassava tudo o que até então o chihuahua havia escrito: "Não sei onde você andará nestes dias. Vi que você era um dos convidados oficiais do congresso aqui em Berlim. Cheguei a ir até lá no dia da inauguração, mas não te vi. Olhei várias vezes para o lado, em sobressalto, pensando que podia ser você. Finalmente, por caminhos que me resultam estranhos (*era aqui que a hipocrisia chegava ao cúmulo*), minha tese será publicada em Nova York. Me alegra, mas também me entristece. Uma tristeza que não consigo descrever com as palavras justas. Me entristece esse silêncio e essa ruptura que se instalaram entre nós. Você não me responde. Talvez seja um costume para sobreviver nos trópicos, na selva onde teu espectro se manifesta em cada folha. A publicação do livro só faz acentuar esse sentimento de desencarnação. Se possível, gostaria de vê-lo, ou de falar com você, como for da sua conveniência. Penso em você".

De repente, com a perspectiva de uma conferência e do lançamento da tese em Nova York, o chihuahua precisava se reaproximar e fazer as pazes. Se a tristeza era tão grande, por que não havia procurado o Rato num dos debates dos quais ele participara no congresso? O chihuahua não podia imaginar que tinha sido o Rato quem dera seu contato ao diretor do centro em Nova York. Assim como a mensagem que o Rato recebera no trem a caminho de Bruxelas depois de oito meses de silêncio, as palavras interessadas do chihuahua o libertavam mais uma vez de uma recaída na ilusão. Como dissera o empresário, estava lidando com um bandidinho.

É claro que o Rato não respondeu e é claro que o chihuahua não o procurou em Nova York. Foi com sua sombra, o sociólogo. O Palhaço estava ocupado em Berlim, com os ensaios de uma nova peça. E, como não podia deixar de ser, o chihuahua seduziu um dos poucos jornalistas que se interessaram por entrevistá-lo, justamente um correspondente da TV brasileira, autodenominado repórter de guerra, que nunca estivera em nenhum combate mas que nem por isso sofria qualquer tipo de escrúpulo quando era para desancar os textos do Rato, sempre que surgia a oportunidade. O chihuahua o escolhera a dedo. Antes de deixar Nova York, mandou pelo correio um cartão para o Rato, com uma raposinha risonha na capa. No interior, escreveu: "Estive aqui e pensei em você".

17. Quando o Palhaço e o Rato já sobrevoavam o mar do Norte, o silêncio dos últimos minutos da viagem começou a pesar. Tinham perdido a conta dos uísques e já não havia mais na-

da a dizer. Estavam bêbados e exauridos. O Rato se virou para o Palhaço e disse de repente, do nada, o que não teria dito se estivesse sóbrio: que, na sua infância, no sítio do pai, havia três cães. Dois ficavam sempre soltos e nunca fugiram, porque o terceiro estava sempre preso. Não importava qual era o terceiro, os caseiros faziam um rodízio, mas era preciso que um estivesse sempre preso para que os outros dois pudessem ficar soltos e não fugir. Não fugiam por solidariedade ou por dependência, porque não podiam abandonar o terceiro, não podiam existir sem o terceiro, não podiam deixá-lo para trás, porque também havia momentos em que estariam presos e não queriam ser traídos, abandonados pelos outros dois. Contendo com dificuldade a irritação, como se tivesse detectado ali algum tipo de insinuação ou moral, o Palhaço perguntou: "E o que é que eu tenho a ver com isso?".

Uma frase em inglês continuava retumbando automática na cabeça do Rato desde a ruptura com o chihuahua, como um refrão que ele havia sonhado, um eco do inconsciente: *Whose reaction is the pain for?*". Ele tentara traduzi-la, sem sucesso desde então: "Para a reação de quem é a dor?" não queria dizer nada. Ele não entendia o sentido da frase e tampouco estava seguro de que fosse gramaticalmente correta em inglês. A frase tinha se formado na sua cabeça e se impusera a despeito da sua vontade. O Rato aproveitou o ensejo para fazer ao Palhaço aquela pergunta sem pé nem cabeça: "*Whose reaction is the pain for?*", como se perguntasse a coisa mais normal do mundo e esperasse sua reação.

"O quê?"

"Nada. Eu estava pensando…"

A conversa já não ia para lugar nenhum. O avião se aproximava do continente.

"Por exemplo", o Rato titubeou, enrolando a língua pastosa. "Por que você sabe que uma pessoa não pode fazer parte da sua vida — você olha para aquela pessoa e sabe que ela nunca vai fazer parte da sua vida — e ainda assim você se apaixona por ela? O que o leva a se deixar enganar pela maior de todas as mentiras, quando ela diz que vai fazer parte da sua vida, ou pior, que já faz parte da sua vida?"

"Ela?", o Palhaço interrompeu a explicação, impaciente.

A peça que ele acabara de apresentar, coberto com uma burca, no Festival de Mulheres Palhaças de Nova York, era obviamente uma provocação. Quando os holofotes se acenderam, a figura de burca já estava no centro do palco, imóvel, coberta da cabeça aos pés, de modo que não dava para saber que era um homem. Foi só quando começou a falar, com a voz rouca e a solenidade de quem traz más notícias, que os espectadores, entendendo que estavam diante de um travesti, começaram a rir: "Vim aqui porque vi meus irmãos morrerem sob o fogo americano. Não sei se vocês sabem, mas os americanos fizeram uma merda danada no Iraque. Vim aqui porque perdi minha casa, minha família. Vim me vingar. Vim aqui, seguindo meu marido, que vai ali na frente. Ele é aquele que tem pernas tortas e anda como um barril balançando de um lado para outro. O jeito dele de andar me irrita mais do que qualquer outra coisa. Quero morrer vendo ele andar, para não ter dúvida de que estou indo em boa hora. Não quero me arrepender. Não quero ter dúvida de que é melhor ir embora a continuar com a visão desse espetáculo patético. Não há nada mais irritante no mundo do que meu marido andando. Por isso, pedi que fosse na frente. Apelei para a submissão da mulher quando percebi que desta vez ele queria que eu abrisse o caminho. Não! Sempre fui atrás. Não vai ser agora, na reta final, que você vai me forçar a tomar a dianteira. Para o meu marido, toda mulher é uma inimiga em potencial. E uma traidora. Ele temia que eu não explodisse. Rá! Queria ter certeza de que eu não ia abandoná-lo na última hora, deixar ele explodir sozinho. Lá vai ele, como um barril de pólvora balançando de um lado pro outro. Planejamos este dia com muita antecedência. Quer dizer, meu marido planejou, porque eu não penso. Ele me disse que eu estava revoltada com a perda de meus irmãos sob o fogo americano. Meu irmão mais velho me currou quando eu tinha doze anos. O do meio, quando eu tinha quinze, e o menor, que era dois anos mais moço que eu, quando eu tinha vinte. Os três garantiram a meu marido que eu era virgem. Os três deram sua palavra de honra e o ameaçaram de morte se, depois de me desvirginar na noite de núpcias, ele por algum acaso pensasse em me devolver, alegando que tinha sido enganado e que eu não era virgem. Meu marido me disse que o que eu queria era vingar a morte de meus irmãos, mortos sob o fogo americano. Que é que eu podia dizer? Ele me mandou repetir para ter certeza de que estava morta de raiva. Sim, estou morta de raiva. Vou vingar a morte de meus irmãos, soldados de Deus. Estou morta de raiva e vou vingar a morte de meus irmãos, soldados de Deus. Está tudo gravado, pra depois ninguém duvidar. Meu marido é um homem desconfiado. Não queria que depois o acusassem de ter me forçado a fazer o que eu não queria. Na verdade, pra quem olha de fora, tenho mais razões pra querer vingar a morte de meus irmãos do que ele, que é cunhado. E, além do mais, eles o enganaram, ele devia estar contente por terem morrido sob o fogo americano. No vídeo, ele diz que está vingando a morte dos irmãos dele, que caíram sob o fogo americano. Meu marido não tem irmãos, mas ninguém sabe. No vídeo, ele está usando o termo no sentido mais genérico, majestático. Meus irmãos, meu povo. Meu marido sempre teve uma propensão profética. Agora, lá vai ele, como um barril oscilante. Não foi à toa que sugeri uma festa de casamento para a ocasião. Tem um peso simbólico, no meu caso. E foi a minha única contribuição. Tudo foi sincronizado para detonarmos nossas bombas ao mesmo tempo. Eu, pra falar a verdade, não aperto esse botão enquanto ele não apertar o dele. Nunca me deixou ir na frente, não vai ser agora que vou me adiantar. Vou deixar ele ir primeiro. Aperto depois".

De repente, ouvia-se uma explosão, mas a mulher continuava ali, em pé, impávida, olhando para a plateia: "Meu marido acaba de explodir. E eu de me dar conta de que esqueci o detonador no carro. Rá! É o que eles chamam de inconsciente. Eles, os americanos. As pessoas estão correndo como loucas a minha volta. Como vocês já entenderam, este é um lobby de hotel e agora eu estou correndo com elas, na mesma direção, desenfreada, para fora deste lugar onde um atentado suicida acaba de ocorrer durante uma festa de casamento. Corro como se fosse uma vítima potencial. A única diferença é que estou coberta de bombas".

"Ele, ela, tanto faz. A pessoa. Estou falando em termos genéricos, abstratos", o Rato continuou, bêbado. "Tem gente que pode fazer parte da sua vida e tem gente que não pode. A loucura é ficar repetindo para quem não pode fazer parte da sua vida que você não pode perdê-la…"

"Perdê-la?"

"A pessoa que não pode fazer parte da sua vida. Você fica repetindo que não pode viver sem ela. Por quê?"

"Porque é impossível", o Palhaço sentenciou, categórico, adotando um tom filosofal que fez o companheiro de voo prestar atenção, pela primeira vez, como se estivesse diante de um mestre. "É simples. Você repete pra acreditar. Porque é impossível e simples. Porque seria um milagre." E, diante do silêncio e da expressão atordoada do ouvinte, o Palhaço, que também já estava bêbado, concluiu: "Uma hora ou outra, na vida, todo mundo espera viver um milagre".

"Vocês já não estão juntos?", o Rato não se conteve ao ouvir falar em milagre, repetindo a pergunta que ficara sem resposta da vez anterior.

Dessa vez, o Palhaço arregalou os olhos, como se tivesse tido uma ideia genial ou se lembrado de uma coisa importantíssima. Respirou fundo. "Você não soube?", respondeu, reincorporando a máscara neutra, que não permitia ao interlocutor distinguir entre a fúria e a tristeza, ainda mais naquele estado de embriaguez.

Os olhos do Rato reluziram sem que ele conseguisse focar um objeto definido. Abriu a boca lentamente, como se fosse falar, mas, antes que tivesse a chance, o Palhaço se adiantou: "Achei que você soubesse. Ele estava entre as vítimas do atentado de 13 de novembro em Paris".

IV. O SACRIFÍCIO PERPÉTUO

O homem é o ser que não pode sair de si, que só conhece os outros em si e que, ao dizer o contrário, mente.

Faz parte de uma certa idade, que pode chegar muito cedo, ficarmos menos apaixonados por um ser do que por um abandono.

Marcel Proust, "Desaparecimento de Albertine"

1. "Onde está o detonador?", o Rato pergunta em inglês ao homem ferido no chão, fazendo-se acompanhar de gestos reiterativos e um pouco ridículos. "Quem é que controla a explosão?"

Os últimos minutos de voo foram dedicados aos esclarecimentos. O Rato não conseguia se recompor do choque de ter ouvido que o chihuahua, tendo ido passar o fim de semana com amigos em Paris, estava entre as vítimas de um dos cafés atacados pelos jihadistas. O Rato balbuciava uma única palavra ininteligível e muda. Bastou entrar no quarto do hotel e fechar a porta, para desabar na cama e dormir com a roupa do corpo até de madrugada.

Não esperava aquele desfecho. Nos poucos meses que durou sua relação com o chihuahua, vivera alguns fins e imaginara outros, mas não aquele. A cada desentendimento, o chihuahua lhe dava mais uma oportunidade de provar que eram diferentes, que não faziam parte do mesmo mundo e menos ainda do mesmo corpo, contrariando o desejo da relação possessiva que ele imputava ao Rato. Era irônico que fosse sempre o chihuahua quem lhe desse a chance de mostrar que não viviam no mesmo mundo, simplesmente por ser quem eles eram e agir como eles agiam. Houve algumas rupturas, por assim dizer, porque o chihuahua sempre voltava, a despeito de ser sempre ele quem provocara a separação. Usava a briga como uma tática para manter o Rato sob controle, o que no fundo era típico de uma simples relação neurótica. A cada novo golpe do chihuahua, o Rato se entristecia um pouco mais, acumulando decepções, mas não se afastava. Ao contrário, ficava cada vez mais ligado a ele, apesar de também entender cada vez melhor que eram incompatíveis. Era sempre o chihuahua quem engendrava o mal-entendido, para tornar a relação impossível, e quem depois tentava retomar o contato. Para isso, recorria a uma série de artimanhas e artifícios, dos mais tolos aos mais inverossímeis.

O Rato deixou de responder aos e-mails do chihuahua quando entendeu que a cada nova resposta ganhava um atestado mais avançado de burrice. Demorou a entender que o chihuahua era a própria falta, um buraco, um vazio. Quem caísse ali continuava escorregando para sempre. Se o chihuahua apenas dissesse aos que havia conquistado que não queria mais vê-los, eles passariam talvez por um período de luto até esquecê-lo e voltar a pisar em terra firme. Dependendo do caso, isso poderia levar semanas ou meses. Mas o chihuahua agia de outro modo. Dizia que não queria mais vê-los e de repente, como se não pudesse viver sem eles, voltava a procurá-los sem que nada tivesse mudado em seus sentimentos ou em sua relação com eles. Voltava a procurá-los para dizer que sentia falta deles. E, aí, a presa, que já vinha tentando escapar como podia, sofria uma recaída, mesmo se não respondesse ao chamado, escorregando novamente para dentro do vazio. E das duas uma: ou se resignava a viver o resto dos dias sob a influência do chihuahua, como um brinquedo do qual ele passava a dispor como e quando bem entendesse — era o que ele chamava de amigo ou de amizade e que o sociólogo passara a encarnar com uma excelência transfigurada em sua tristeza física — ou tentava resistir, se debatendo em queda livre contra a evidência de uma vida mais triste, se dilacerando para esquecer a promessa inexplicavelmente interrompida.

O mais perturbador era que de alguma forma ele tivesse não só correspondido mas se adiantado à tática do chihuahua quando, ao se despedir dele pela primeira vez, depois de passarem a tarde na cama, o Rato lhe disse que já sentia sua falta. Era como se pedisse para ser sacrificado, como a puta de *Rocco e seus irmãos*, que se entrega ao assassino de braços abertos, à imagem de Cristo na cruz pelo bem dos homens. Quando o Rato mencionou, por alguma razão ele se lembrara do filme, a ambiguidade da cena e da mulher que abre os braços para o homem que se aproxima empunhando uma faca como se fosse um falo, o chihuahua se mostrou indiferente, respondeu que o cinema não o interessava e passou a outro assunto. Tinha uma capacidade incrível de só ver, ouvir e lembrar o que lhe dizia respeito, chegando a revisar o passado por uma ótica que eliminava tudo o que não se encaixasse em suas metas. Podia ignorar que um amante tivesse lhe aberto portas, preferindo sempre a explicação do mérito próprio e da idoneidade, embora continuasse procurando e dando preferência a amantes que lhe abrissem portas, e embora os amigos mais íntimos, entre eles alguns ex-amantes, continuassem lhe perguntando para quem é que ele tinha dado dessa vez, quando uma nova porta se abria.

Ao ler a história de Amor e Psiquê, em *O asno de ouro*, de Apuleio, que o Rato lhe aconselhara quando começaram a se ver, o chihuahua reteve apenas o que quis. Por meio da fábula, o Rato esperava fazê-lo compreender que, a despeito de suas deslavadas declarações de amor, no fundo ele também sabia perfeitamente bem que atrás de todo amor há uma forma mais ou menos extrema de narcisismo. Mas o chihuahua não podia suportar que uma de suas presas tivesse consciência de que o amor só ama a si mesmo e que, ainda por cima, lhe jogasse isso na cara, aconselhando a leitura de Apuleio logo depois de se encontrarem. O que o Rato queria lhe dizer por meio da fábula era que, apesar dessa consciência, ainda preferia se deixar enganar pelo amor, uma vida desiludida não tinha a menor graça. Mas o chihuahua não ouvia. Leu no conto o que bem entendeu. Não podia seduzir alguém que, como a puta de *Rocco e seus irmãos*, se entregasse conscientemente à morte, de braços abertos, à imagem de Cristo. Era o que o Rato lhe dizia através de Apuleio: você não me ama, só ama a si mesmo, mas o amor que eu também sinto por mim me faz te querer de qualquer jeito, apesar do seu amor por si mesmo, ou talvez por causa dele.

Na primeira vez que o Rato se mostrou inseguro em relação aos sentimentos do amante, o chihuahua foi decisivo: "Também estou flechado". Mas já aí a determinação encobria outro sentido, numa formulação intransitiva que permitia ao chihuahua mentir o tempo todo sem poder ser acusado de estar mentindo. Nunca se comprometia, ao mesmo tempo que encenava o compromisso. Como nunca usava o objeto do amor, como o amor sempre remetia a si mesmo, ao amor ("também estou flechado", "fique sabendo que amo com muita força" etc.), era a moral do conto de Apuleio que ele repetia quando se declarava. Não amava ninguém, amava a si mesmo, amava o amor, o amor do outro por ele. E ninguém podia acusá-lo de desonestidade.

Nas semanas que sucederam ao encontro em Berlim, o chihuahua comprou um dicionário e uma gramática de português: "Sempre prefiro poder falar a língua de quem eu amo", o que não queria dizer que amasse o Rato (retrospectivamente, o fato de não ter aprendido a falar português era um forte indício de que não o amava, a crer no que dissera antes). Cultivava as frases ambíguas. Repetia, por exemplo, o último verso de um poema de Álvaro de Campos, que o Rato desconhecia e que passou a buscar em vão, e que o chihuahua garantia ter lido numa coletânea bilíngue de Fernando Pessoa que ele comprara num sebo na Cidade do México e que desaparecera naquele meio-tempo, emprestada provavelmente a algum amigo: "Detesto peixes que sabem a mar". As homofonias o encantavam, pelo potencial de mal-entendidos.

2. Ele queria ter dito ao chihuahua (se o chihuahua ainda estivesse vivo): "A verdade é que os perversos estão sempre aquém das perversões. Você é adulto, já devia ter entendido. A perversão precisa de um fraco para existir, mas o fraco nem sempre é a vítima. O perverso precisa ser um pouco burro, como o parasita que mata o corpo que o hospeda e do qual ele precisa para sobreviver. Ele precisa supor que a vítima seja mais burra do que ele. Acontece que nem toda vítima é mais burra que o algoz. E, para essa vítima, o efeito do jogo do perverso pode ser uma desilusão, mas não é a morte. Não. Pelo menos, não a sua morte. O efeito da perversão sobre a vítima mais inteligente que o perverso é no máximo uma decepção, é a morte do amor. Mas qual é a graça? Nesse caso, o perverso não passaria de um desmancha-prazeres com uma função educadora. E sua ação seria tão nociva quanto a de uma dedicada professora de escola primária".

Ele queria ter lido ao chihuahua (se o chihuahua ainda estivesse vivo) a passagem de *Sodoma e Gomorra* em que o narrador de Proust diz que, para a humanidade, "a regra — que comporta exceções, naturalmente — é que os duros são os fracos que ninguém quis, e que os fortes, pouco se lixando se são queridos ou não, são os únicos a manter essa doçura que o vulgar confunde com a fraqueza".

3. Uma das primeiras coisas que o chihuahua quis saber ao encontrar o Rato foi o que ele estava lendo. Já na antessala do teatro onde se conheceram, ele tentou vislumbrar, em vão, com a cabeça inclinada, o título do livrinho que o Rato trazia no bolso. Logo se desinteressou, quando o Rato, percebendo sua curiosidade, tirou o livro do bolso e lhe mostrou a capa. O chihuahua desprezava o que não conhecia, se não visse naquilo uma utilidade imediata, um lugar em seus planos. Tinha tudo calculado e, em princípio, um ensaio literário já não lhe servia de nada. Passara pela fase da educação literária, definira seus mestres, estava em busca de novos butins. Tempos depois, quando o Rato voltou a abrir o livrinho e encontrou o canhoto da entrada do teatro convertido em marcador de páginas, tentou imaginar como teria sido a vida sem aquele encontro e quis crer que ela ainda pudesse ter uma parte de inocência. Ele seguia sendo um inocente, apesar de tudo, a julgar por suas conclusões infantis. Mas havia frases naquele ensaio literário que ele só compreendeu depois da experiência que lhe roubara, segundo ele, o pouco de inocência que lhe restava depois de tudo o que tinha visto de mais horrível pelo mundo. Uma delas era: "A intenção do texto literário não tem nada a ver com a nossa experiência".

O chihuahua admirava Borges. Dizia-se um Pierre Ménard involuntário, para explicar por que nunca quisera ser escritor. O que ele não percebia mas exprimia de alguma forma na falsa modéstia da frase, era o mau gosto de tentar transformar a vida em literatura, plagiando livros que já foram escritos. No fundo, era muito pouco imaginativo. Formara um repertório. Por muito tempo, *Ligações perigosas* tinha sido seu livro de cabeceira e ele o lera como sua Bíblia.

No primeiro ano de internato, passava os fins de semana com os deficientes mentais mantidos num pavilhão à parte. Ao contrário dos alunos que tinham família na Cidade do México ou nos arredores e podiam passar os fins de semana em casa, ele não tinha para onde ir. Megalomaníaco e mitômano desde pequeno, achou que o deixavam ali de castigo, na ala dos deficientes mentais, porque era inteligentíssimo e não conseguia conviver com mais ninguém. Muito sedutor no primeiro contato, terminava sempre por destruir todas as relações, com uma determinação maior que si mesmo. Já naquele tempo, ninguém sobrevivia perto dele. E, em sua fantasia onipotente, achava que tivesse sido confinado ali, entre os deficientes, para não fazer mal a mais ninguém além dos infelizes que só podiam esperar, com sorte, uma morte rápida. Achou que tivesse sido confinado entre os que não tinham nada a perder, para que já não pudesse roubar mais nada de quem tinha. E então se voltou ainda com mais fúria contra os que tentavam ajudar aquela gente jogada para escanteio e esquecida no internato pelas famílias; contra os que ainda procuravam estabelecer relações caridosas e humanitárias com os que tinham sido rejeitados pelas famílias e que eram tratados como excrescência pela sociedade. De uma forma invertida, se reconhecia neles e agia por vingança. Passou a envenenar toda solidariedade e toda empatia, como se fizesse justiça em nome dos deserdados. Mas voltava atrás e se retraía sempre que sua maldade era reconhecida e exposta em público.

A certa altura, em meio às investidas do chihuahua, o Rato ouvira da terapeuta: "Ele precisa ouvir o nome do que ele faz com você e com os outros. No dia em que você disser o nome, ele vai embora, porque será insuportável para ele, entende? Se você não diz, é porque ainda está preso, não pode perdê-lo, ainda está sob a influência dele, não é? Não vai parar de morrer enquanto não disser o nome do que ele faz com os outros".

Até aquele encontro no teatro, em Berlim, o Rato queria crer que o mundo fosse constituído de um amor potencial, uma reserva de amor. Era sua parte de inocência. "Você pode rir, me chamar de ingênuo, mas está aí uma inocência que eu preferia não ter perdido, porque sem ela também não há vida", ele respondeu à terapeuta. "Eu achava que bastava descobrir os canais certos para ter acesso a esse amor. E isso criava as condições de possibilidade para a esperança e a ilusão. A vida era isso, em potencial. A ilusão dava força para continuar vivendo, por pior que as coisas fossem. Eu sabia do mal, reconhecia onde estava o mal, combatia o mal profissionalmente, e o mal, por definição, me repelia. Enquanto eu o combatesse, ele estava fora de mim e eu estava imune a ele, fora da sua zona de influência. O mal era só uma ideia, uma abstração com a qual eu podia lidar à distância e entender como uma presença, uma necessidade e um fato, intelectual e profissionalmente. O mal existia, e não podia deixar de existir, mas eu não corria nenhum risco de me envolver com um assassino ou um criminoso de guerra, por exemplo, estávamos sempre em campos opostos. O mal só podia me atingir contra a minha vontade. Em Berlim, descobri que, ao assumir a imagem do meu desejo, havia um mal que eu não reconhecia nem podia combater. Esse mal depende de uma encenação, é claro. É um teatro. A sua fraqueza está nas palavras, porque o sujeito é incapaz de associá-las à verdade. Tudo o que ele diz é falso. Ele acaba se contradizendo por suas ações. Fala por clichês, por imitação, pelo que ouviu alguma vez outros dizerem. É uma língua fraca, porque não pode dizer a verdade. Não pode expressar seus sentimentos; está condenada a reproduzir como pastiche o que supõe ser o sentimento do outro, sua vítima. Imita a palavra do outro. É um eco vazio, como naquele e-mail em que ele fala de uma tristeza incomunicável. É tudo postiço. O único sentimento que ele pode manifestar de verdade é a raiva e o medo do animal acuado, quando a encenação é desmascarada, quando ele é contrariado. Mas, em geral, isso não ocorre. Ele sabe de quem se aproxima. Uma vez em contato com quem fala essa língua de espelho, a vítima se entrega, se reconhece no oposto, achando que é o mesmo, reconhece a vida na morte. A vítima pode a princípio até perceber alguma coisa estranha, que alguma coisa está fora do lugar e de sincronia, mas não pode (ou não quer) ver a impostura, porque de algum modo passa a reconhecer as próprias palavras nessa voz, e se confunde, achando que encontrou uma alma gêmea, um duplo, o amor. E depois, quando se dá conta do erro (se é que tem essa sorte), deixa de acreditar no poder que as palavras têm de dizer a verdade, qualquer verdade. A partir daí, ou você se cala ou se torna cínico. Não dá mais para acreditar na potência do amor nem na das palavras. A única coisa que ele sente de verdade mas não pode dizer é o amor que tem por si mesmo, porque dizer significaria desfazer toda a encenação."

4. Ele queria ter dito ao chihuahua (se o chihuahua ainda estivesse vivo) que essa língua encenada também estava, de algum modo, na origem do fascismo, como dizia o programa da peça que viram juntos na noite em que se conheceram. Para o Rato, o fascismo dependia da contaminação e da destruição causada por uma língua ao mesmo tempo fraca e forte, incapaz de dizer a verdade, porque pairava sobre um vazio que só podia se replicar por emulação. A verdade do fascismo era o que não tinha prova nem fundo, era só uma paródia, um desdobrar eterno sobre o vazio, um mundo sem correspondências nem fim. Era

uma língua que reproduzia o que supunha que o outro quisesse ouvir, e o seduzia como um espelho sonoro. Era difícil sair ileso. No melhor dos casos, perdiam-se as ilusões. No pior, afundava--se numa ilusão mortal, como Narciso no lago.

Desde o início, o Rato sentiu que alguma coisa não funcionava na conversa deles, ainda mais porque a princípio a sintonia parecia perfeita. De repente, o que o chihuahua dizia soava fora do tom — para não falar nas vezes em que respondia com uma raiva desproporcional ao que tinha ouvido, como se reagisse a um discurso paralelo e inconsciente. O Rato só se deu conta de que o chihuahua falava como se fosse ele, Rato, como se estivesse no seu lugar, como se sentisse o que ele sentia, quando já era tarde. O chihuahua expressava em relação ao Rato, com um adiantamento sinistro, os sentimentos do Rato em relação a ele. Verbalizava o silêncio do amante. Dizia o que o outro sentia, como se o sentimento do outro fosse seu, antes de o Rato abrir a boca. Se o chihuahua dizia que amava o Rato, era porque o Rato amava o chihuahua. Quando dizia que não podia viver longe do Rato, era o Rato que não podia viver longe dele. Quando se dizia magoado e fingia que ia chorar, era o Rato quem devia estar chorando. As palavras, para o chihuahua, não tinham valor nem consequência. Ou melhor, a consequência era sempre para o outro — no caso, o Rato. O chihuahua se apropriava da palavra do outro para destruí-lo. Separava a palavra do sentimento no qual ela se originara. Se escrevia "Que emoção!", não havia emoção nenhuma. Era terrível e constrangedor. Daí a sua obsessão pelos escritores, cuja técnica de algum modo ele tentava aprender e cujo narcisismo ele compartilhava sem no entanto conseguir expressar nenhum sentimento verdadeiro. Expressava o que não sentia. À maneira dos escritores, expressava o desejo do outro como se fosse seu. Mas era só um reflexo vazio. Desconhecia a compaixão. Tinha desenvolvido uma percepção muito aguda do comportamento das pessoas. Ele as observava. Era um pastiche delas. O pastiche ao mesmo tempo o encantava e divertia. E punha a todos no lugar de presas potenciais. Estava sempre de olho para dar o bote. Mas estava ao mesmo tempo tão fascinado por si mesmo, e por sua capacidade de imitar, que sua vida só podia ser a encenação de uma peça idiota.

5. O chihuahua se esmerava em reconhecer expressões e gestos e seguia uma cartilha de causas e efeitos, obtendo em geral os resultados desejados. Mas, além do fato de jogar na cara do outro a própria imagem por meio desse estranho mecanismo especular de um homem que não se revela, não sente nada e é apenas reflexo, o que mais horrorizou o Rato não foi a falsidade das palavras ou a perversão especular, mas o entendimento de que o chihuahua o elegera e sobretudo a suspeita de que não reservara o mesmo papel a outras pessoas do seu círculo, e muito menos ao Palhaço. O que mais horrorizou o Rato foi a possibilidade de que, ao contrário do que havia concluído e generalizado por autodefesa, com base na própria experiência, e ao contrário de tudo o que dissera à terapeuta, o chihuahua no fundo pudesse amar. E que amasse o Palhaço de verdade. Aquela era enfim uma humilhação pessoal e intransferível. O que mais o horrorizou foi a suposição de que as relações do chihuahua pudessem ser diferenciadas como as de qualquer outra pessoa, dependendo do interlocutor e do amante, e que ele não abusasse de qualquer um que entrasse em seu raio de ação como abusara dele — ou pelo menos não com a mesma desfaçatez com que abusara dele. O que mais o horrorizou foi pensar que o chihuahua reservasse papéis diferentes aos que o cercavam e agisse de acordo com as atribuições de cada um; que tivesse estabelecido papéis fixos para os diferentes personagens com quem mantivera relação. E

que nem com todos eles a relação tivesse sido utilitária como a que ele estabelecera com o Rato. Assim, o papel de palhaço, o grau mais baixo e desprezível nesse sistema de atribuições (na falta de um sistema de afetos), teria sido reservado ao Rato e não ao Palhaço, que o exercia por profissão mas que para o chihuahua encarnava o amor (a ideia do amor, pelo menos). Foi aí, pelo horror, que o Rato teve pela primeira vez a noção completa e detalhada do perigo e da armadilha na qual se metera, a princípio por vontade própria, pelo que ele chamava de inocência, sem perceber que era manipulado — ou sem ligar para isso, achando que era mais forte e que ninguém podia ser tão mau a ponto de querer destruir uma alma transparente como a sua, que se entregava por amor, sincera e apaixonada.

Haveria outra maneira de pensar tudo aquilo, lhe disse por fim a terapeuta especialista em separações, e seria simplesmente entender aquela relação como um erro casual, como quando um vírus que parasita uma espécie sem maiores danos para o hospedeiro entra em contato, por alguma razão inexplicável, por algum acaso, com outra espécie que não está preparada para recebê-lo. "São duas formas de vida incompatíveis. Ele é um vírus para o qual você não tem defesas. Outros têm. O Palhaço, provavelmente. É com gente como o Palhaço que ele pode viver. É simples assim. Talvez seja só isso o amor, a possibilidade entre um parasita e seu hospedeiro. Não adianta querer entender. Ao contrário do que muita gente pensa, o narcisismo nunca é autossuficiente", a terapeuta arrematou.

6. Em nome do pouco amor-próprio que lhe restava, o Rato tratou de esquecer aquela ideia humilhante de que o chihuahua pudesse não ser sempre o mesmo com todo mundo e mantivesse relações diferenciadas com pessoas diferentes. No avião, entre-

tanto, antes de saber da morte do chihuahua, quando já estava exasperado com a ineficácia dos seus argumentos (como se o Palhaço sentado a seu lado gozasse da mesma impermeabilidade que ele atribuía ao chihuahua), o Rato voltou à carga e lhe disse, possesso: "Foi graças a mim que ele conseguiu publicar aquela tese de merda. Ele podia ter se dado por satisfeito, não podia? Podia ter sido o golpe de misericórdia dele, não podia? A última coisa que ele ia arrancar de mim. Podia ter ficado agradecido, mas não, não!, tinha que continuar abusando, sacaneando, precisava arrancar o couro, roer os ossos, não deixar nenhum vestígio da presa. Bastava ter desaparecido, mas não, ele precisava voltar e ficar rondando. Continuou a me escrever e a me procurar. Quando a tese estava para ser publicada, depois de mais de um ano sem nos falarmos, ele me escreveu pra dizer que não aguentava a tristeza daquele silêncio, precisava falar comigo, queria me ver. Ele dizia que a tese ia finalmente ser publicada, por caminhos que eram estranhos a ele. É! De repente, tinha esquecido que esses caminhos se resumiam à influência de uma única pessoa, eu. E queria me ver. Provavelmente, queria me pedir para escrever o prefácio ou um artigo sobre o livro ou talvez me convidar para apresentá-lo num encontro por ocasião do lançamento. Que mais ele podia querer? Pra ele, os monstros são os outros. Mas é ele o escroto. E vai com muita sede ao pote, acaba deixando rastros. É da natureza dele destruir quem lhe fez bem. Sabe a história do escorpião atravessando o rio nas costas do sapo? Lógico que sabe. Todo mundo sabe, menos eu, que sou cego. Mas, ao contrário do escorpião, ele espera chegar em terra firme para aferroar quem o leva nas costas. Porque é filho da puta! E tem medo. Não tem nada de suicida, embora pareça estar sempre correndo pro precipício. Na última hora, tira o corpo fora e deixa quem vinha atrás, correndo pra salvá-lo, cair sozinho. Não dá nada de graça. Só por interesse, quando precisa. E, aí, faz questão de valorizar o presente. É por isso que não para de falar de *potlatch* pra cá, *potlatch* pra lá, um termo que ele deve repetir desde que o leu pela primeira vez em algum manual de antropologia, quando entrou pra faculdade, sem conseguir entender o que aquilo queria dizer de verdade, espantado que alguém pudesse se desprender dos próprios bens, de coração aberto, pelo bem comum. Ele não tem vergonha, não é? Eu é que devia ter vergonha. Vergonha de ter caído nessa arapuca. Que mais eu tenho que fazer pra ele entender que não tenho vocação pra burro nem pra vítima, que não tenho mais nada pra dar? Por que ele não me esquece? E você? Como é que você não vê? Que é que você está olhando?".

O Palhaço só estava sorrindo.

7. O chihuahua fazia o elogio mal dissimulado do autoaniquilamento, do egocídio, como tinha estudado em manuais de literatura e de filosofia contemporânea. Repetia chavões e palavras de ordem, enquanto se esmerava na autopromoção. Sua missão era uma só: destruir o ego dos outros, enquanto promovia o seu. Quanto mais egos aniquilados, melhor.

Na faculdade, na Cidade do México, onde estudou psicologia e psicanálise, não demorou para se interessar pela herança desprezada da antipsiquiatria, chegando a esboçar um trabalho de final de curso no qual propunha técnicas para aniquilar o ego (dos outros, é claro) em nome de um ideal de corpos e espíritos mais livres e desprendidos. É lógico que o projeto não foi aceito e o chihuahua acabou tendo de restringir suas ambições a um trabalho mais convencional, embora por um bom tempo depois disso tivesse pensado em adaptar aquela loucura a um projeto de mestrado, como um método de imobilização e destruição dos egos violentos. Foi assim que conseguiu uma bolsa do governo alemão para estudar hipnose em Berlim, onde acabou num laboratório de neurociência que desenvolvia uma pesquisa sobre a disseminação do amor e dos bons sentimentos através do olhar, com o objetivo de influenciar o comportamento de sociopatas, impedindo que continuassem a fazer o mal. Quando conheceu o Rato, o chihuahua continuava trabalhando na mesma equipe, embora já estivesse em pé de guerra com a diretora. Não perdia a oportunidade de achincalhá-la pelas costas, reproduzindo com muita graça as experiências mais ridículas às quais submetia os condenados de uma prisão de segurança máxima. Mas com o chihuahua nunca dava para saber onde estava a verdade. Como sua obsessão pelo aniquilamento do ego dos outros era proporcional ao tamanho do seu próprio ego, era possível que tivesse sido desmascarado pelos colegas neurocientistas e que, a despeito da burrice generalizada da qual ele escarnecia, tivessem reconhecido nele o psicopata escondido atrás da fachada de pequena vítima. Ao contrário da paz e do amor que a neurocientista procurava espalhar pelo mundo, por meio do olhar, o chihuahua na verdade estava propondo uma tática de guerrilha pessoal contra o ego dos outros. Era um corpo estranho em meio a tanta pureza. Precisava destruir os egos (as autoridades) ao redor para reinar sozinho, único e solar, como na infância, fundido à mãe que o havia traído e enviado ao internato de padres, e que terminou comprando um cãozinho para se lembrar do filho quando ele foi viver em Berlim.

8. Chamado às pressas ao Rio, como consultor, para tentar salvar um projeto de desarmamento das favelas que havia degenerado num caos de incompetência antes mesmo de ser posto em prática, o Rato acreditou que tivesse passado a um novo estágio de loucura, mais avançado e mais assustador — que em prin-

cípio nada tinha a ver com a cidade, com a violência e com o desarmamento —, quando ouviu a voz do chihuahua no quarto do hotel em que se hospedara em Ipanema. Por um segundo, antes de entender que não era uma alucinação, ele a atribuiu ao cansaço. Vinha de vinte horas de trabalho jogado fora, com gente com quem era difícil argumentar. Buscavam soluções, não a verdade, foi o que lhe disseram. Não queriam entender que uma coisa estava ligada à outra. Insistiam no que chamavam de políticas positivas, deixando as críticas ao pessimismo dos perdedores. Consideravam-se vencedores. Ninguém criticava nada. E as políticas iam sendo substituídas, uma depois da outra, sem que se corrigissem os erros da anterior, para garantir algum progresso. Avançavam como um grupo de cegos, de mãos dadas, sobre os escombros da própria inépcia.

Como sempre, por automatismo, o Rato ligou a televisão assim que pôs os pés de volta no quarto de hotel, de madrugada, antes mesmo de tirar os sapatos. Jogou o controle remoto em cima da cama e foi ao banheiro, ignorando o que a TV exibia àquela altura. A voz do chihuahua inundou o quarto sem que a princípio ele pudesse distingui-la do jorro da torneira da pia, enquanto escovava os dentes. Levou alguns segundos até reconhecê-la. Fechou a torneira, apurou os ouvidos, esperando que não fosse verdade, que fosse apenas uma aberração sonora, e acorreu de volta para a frente da TV, onde deparou incrédulo com a imagem do chihuahua, que participava de um programa de entrevistas por ocasião do lançamento do livro nos Estados Unidos. Conversava descontraído com o correspondente brasileiro em Nova York, desafeto do Rato. Era uma coincidência sinistra. O chihuahua se expressava, em espanhol, com uma fluência e uma articulação que o Rato nunca imaginara que ele pudesse ter, a julgar pela imagem de fragilidade e humildade que sempre vendera, à procura de amor e proteção. Era veemente na defesa de suas ideias mais controversas. E, de repente, estava usando os termos do Rato, repetindo exemplos que ouvira do Rato. "Essas palavras são minhas", o Rato murmurou, sozinho, abismado diante da tv. Tomou um remédio para dormir, deitou e fechou os olhos. Quando acordou, com o sol de manhã, a televisão ainda estava ligada e uma mulher estridente ensinava uma receita de bolo.

9. Num dos raros surtos de bom senso que o acometeram depois da, por assim dizer, ruptura definitiva, a do "corte cirúrgico necessário", nas palavras do próprio chihuahua, e que lhe possibilitaram afinal se irritar com suas subsequentes investidas para se fazer lembrar por meio de mensagens dissimuladas, nas quais se dizia saudoso, ou de pequenos presentes que sua avareza lhe permitia eventualmente enviar, o Rato decidiu enfim proscrevê-lo como *junk* na lixeira de sua conta de e-mail e bani--lo para sempre de sua conta de Skype. Não queria mais ouvir falar do chihuahua. Aproveitou para bloquear todos os contatos dele que mantinha no celular e no computador. E, se num primeiro momento aquele ato pareceu mais efeito da intemperança do que propriamente da coragem, logo começou a produzir o efeito contrário ao desejado. Pior do que esperar pelos sinais que podiam ou não vir, era não saber nem mesmo se o chihuahua os enviara.

10. Duas semanas depois de terem estado juntos pela última vez em Berlim e alguns dias antes de o Rato entender que tinha sido a última vez, antes da ligação por Skype que o conduziria à ruptura, a uma explosão de ódio diante do rosto contido do chihuahua na tela do computador, o Rato recebeu pelo correio

um livrinho chamado *Tratado sobre o amor*, no qual um velho filósofo marxista conclamava o princípio do amor romântico (procurar a salvação no outro). O amor seria esse estado em que o indivíduo, tornando-se vulnerável, fragilizando-se em sua entrega ao imprevisível, ao que já não depende só de si, ao que já não está sob seu controle, consagra o outro. Para o autor, ex-comunista, o amor ressuscitava a ideia perdida do comunismo como construção de uma vida em comum, em que o outro era primordial. "O amor depende de uma série de adaptações ao outro (e portanto ao real); é uma forma de escapar, por meio de uma relação a dois, às armadilhas do eu numa sociedade autorreferente", o velho filósofo escrevia no prefácio. O tratado fazia o elogio de tudo o que o chihuahua não era. Aquele amor, aquela exaltação do outro, era o exato oposto do chihuahua. E era tanto mais incompreensível que o chihuahua oferecesse aquele tratado ao Rato dias antes de romper com ele — e provavelmente depois de já haver decidido romper com ele. Quando o Rato lhe escreveu para agradecer o presente, aproveitando para discorrer sobre essa vontade de uma vida a dois como um pacto de entrega e generosidade (o que o filósofo chamava de "pacto comunista de uma vida no outro"), o chihuahua tergiversou. E quando voltaram a se falar, por Skype, foi para nunca mais se falarem.

O Rato supunha que a única maneira de o chihuahua se apaixonar de verdade seria se reconhecendo no outro, encontrando alguém que se comportasse como ele mesmo se comportava com seus amantes. Precisava de um bandido igual a ele. Reconhecera esse igual no diretor de teatro, mas logo o transformou numa ameaça maior do que a paixão e o riscou do mapa. Só o Palhaço parecia ter escapado à regra. Era a exceção. E o Rato a atribuiu à máscara neutra, que não deixava de funcionar como uma tela para todo tipo de projeção.

*   *   *

"O amor é a etapa anterior à perda. É simples: ele não quer perder", a terapeuta pontificou sobre o que tinha ouvido a propósito do comportamento do chihuahua, ainda com alguma benevolência, quando ainda não sabia da missa a metade.

Perder o chihuahua não significava não ouvir mais falar dele. Senão, seria fácil. O chihuahua seguia um programa constante de envio de sinais escalonados. Era como uma máquina com frequência programada para mandar mensagens indesejadas. O ataque começou oito meses depois da separação, por assim dizer, oito meses sem nenhuma notícia, quando tudo levava a crer que o luto pudesse ser vencido. Foi quando o chihuahua voltou a se manifestar, com intervalos cada vez menores, conforme não produziam nenhum efeito ou reação. Primeiro, a cada dois meses e depois a cada mês. O silêncio o eletrizava. Sabia que o silêncio não era indiferente. Era astuto, apesar dos limites que a perversão lhe impunha. Primeiro, mandou um e-mail, dizendo que estava com saudade, apelando para uma fantasmagoria romântica que não correspondia a seu comportamento manipulador, como se nada tivesse acontecido, como se ele próprio não tivesse terminado por assumir a ruptura, a despeito da dissimulação inicial, como um ato necessário e urgente, um "corte cirúrgico", como havia dito. Sem resposta, passou à segunda fase, mais discreta, em que as mensagens tinham sempre uma razão objetiva, um pretexto (precisava do endereço de alguém, por exemplo). Ainda sem resposta, passou a recorrer a artimanhas surpreendentes e que de certa maneira tentavam reproduzir o charme da sua infantilidade, como enviar SMS e mensagens extemporâneas, "por engano", "por confusão", destinadas a um homônimo, por exemplo, como quando anunciou por Skype: "Já estou conectado, você já pode ligar".

Nada humilhava o chihuahua. Mas não era falta de amor-próprio o que o fazia incorrer no erro, porque amor-próprio era o que o constituía, ele amava ser amado, o amor do outro era só a confirmação de que ele era digno do amor que não sentia por mais ninguém. Ou assim ele pensava. No fundo, seu amor-próprio era tão grande e tão avassalador que não deixava lugar para nenhum outro tipo de sentimento próprio, como a dignidade. Era capaz de chegar ao mais baixo e ao mais vil, de recorrer às estratégias mais indignas, só para manter amantes e ex-amantes sob sua influência. A dignidade não fazia parte do seu repertório.

O chihuahua quis que o Rato o chamasse de raposinha. Raposinha na cama e na vida. Mas desde que compreendera o raciocínio e a estratégia da raposinha, quando já não se viam, o Rato passou a chamá-lo de chihuahua pelas costas, à revelia. No final das contas, a diferença entre o Rato e o chihuahua era que o primeiro queria acreditar que o mundo pudesse ser mais amoroso, apesar de todas as provas em contrário, e o segundo se divertia em manipular a ilusão do primeiro. O que o Rato perdia ao chamar a raposinha de chihuahua era justamente o sentido predador. E com isso, sem notar, abria um flanco, tornava-se mais vulnerável, não percebia o cinismo do chihuahua em pedir que o chamasse raposinha.

Era evidente a banalidade do jogo no qual o Rato se enredara. O chihuahua era menos um caso excepcional do que uma caricatura de época. Só o Rato continuava achando que aquele era um jogo especial, que caíra numa armadilha inevitável, que o chihuahua era um ser extraordinário e único. E isso só o expunha ainda mais. Seguia apaixonado mesmo depois de tudo ter ido por água abaixo. "A violência do amor está menos na astúcia e na sofisticação do predador do que na oportunidade de reconhecer a presa à primeira vista. Todo amor é entrega. O predador pode não ser incapaz de amar, mas é antes aquele que, ao reconhecer o amor no outro, começa a caçar. A vulnerabilidade desperta os piores instintos. Para o predador, não há diferença entre o generoso e o vulnerável, são ambos fracos. E daí que não vê por que se sentir agradecido nem culpado pela entrega do outro", pontificou mais uma vez a especialista em separações. "A paixão do predador só tem alguma chance de sobreviver como luta entre iguais, relação entre predadores." Foi exatamente o que o chihuahua chegou a pedir ao Rato, num momento de sincera tristeza, ao vê-lo desnorteado em suas mãos: pediu que tentasse agir como ele agia, para o bem dos dois.

O Rato ficou com o coração partido de culpa e compaixão quando o chihuahua lhe contou que o Palhaço nunca vivera uma relação amorosa antes de o encontrar; quando lhe disse que o Palhaço era "uma espécie de virgem". Mas bastou o Rato expressar sua culpa, bastou dizer que ficava com o coração partido só de pensar no mal que podia estar fazendo ao Palhaço, que nunca tinha vivido uma relação como aquela antes, para o chihuahua se irritar com sua cegueira e, depois de ouvi-lo em silêncio, sair em defesa do Palhaço: "Se ele não teve nenhuma relação antes, foi porque não quis".

O chihuahua não suportava a vitimização. Quando o Rato pediu ao chihuahua que fosse clemente com o Palhaço, pois era visível o seu amor (o Palhaço estava encantado de viver com o chihuahua), o chihuahua respondeu na mesma hora que também estava encantado de viver com o Palhaço, também o amava. Devia ser mesmo irritante para ele que o Rato demorasse tanto a entender que a única vítima ali era ele.

* * *

O chihuahua costumava exaltar a própria fidelidade. Era fiel aos amigos, aos iguais e aos que aceitavam participar do seu mundo. Era fiel a quem o servia, a quem se deixava manipular. E, em oposição ao espírito livre e indômito do qual se gabava, também gostava de passar por obediente, como um cão, sobretudo na cama. Era a sua melhor fantasia.

Até que ponto já esperava ouvir o que o Rato lhe disse quando se encontraram? E até que ponto o Rato não disse ao chihuahua que já sentia sua falta, logo na primeira vez, porque intuía, nem que fosse inconscientemente, o efeito que aquilo teria sobre ele, que nada poderia lhe parecer mais fascinante do que a vulnerabilidade de um homem? O amor que o chihuahua não sentia por ninguém era seu alimento natural, como ao recém-nascido o leite materno. O Rato logo entendeu que, como uma criança que apenas recebe, o chihuahua também estava disposto a sugar, até a última gota, todo leite que lhe dessem.

E até que ponto o chihuahua não teria percebido no Rato, ao encontrá-lo, aquela ingenuidade romântica e não menos infantil que o fazia seguir pela vida à procura do amor absoluto e incondicional? E até que ponto não teria reagido de acordo, se convertendo em tela branca para uma projeção desvairada?

Houve um momento em que, muito irritado, o Rato disse ao chihuahua, depois de enfim compreender onde tinha se metido (e achando que ainda pudesse se safar): "É muito simples. O que você quer de mim eu não quero te dar e o que eu quero de você você não quer me dar. Você não me deve nada e eu também não te devo nada". Mas era como se o chihuahua já não ouvisse, como se soubesse que as palavras não têm nenhum valor. O chihuahua apenas sorria. Como depois o Palhaço.

11. Apesar das artimanhas do chihuahua, no fundo o Rato sempre tivera acesso ao antídoto pelo qual passou a ansiar depois de romperem. Sempre teve consciência de quem era o chihuahua. Por um tempo, antes de se separarem definitivamente — embora definitivamente não faça aqui nenhum sentido, primeiro porque nunca estiveram realmente juntos e depois porque para o chihuahua as separações nunca eram definitivas —, a suspeita de que o chihuahua o procurasse por mero interesse não o incomodou; ao contrário, julgando que esse fosse um traço fundador da personalidade do chihuahua, a princípio o Rato até chegou a alimentá-lo, para seduzir e conquistar o amante. Mas, como não há amor sem ilusão, o Rato sofreu o primeiro baque quando o caráter interesseiro do chihuahua se confirmou estrutural e inexorável (antes fim do que meio ou passagem para o amor), quando o Rato entendeu que o chihuahua só podia se relacionar por interesse (ao menos com ele, Rato, e sem que ele pudesse entender exatamente interesse de quê), quando entendeu que o chihuahua não era capaz de um amor desinteressado, ou pelo menos, já que a rigor não existe amor desinteressado, de algum tipo de descontrole além da sede de tudo o que pudesse sugar dos outros. A voracidade calculista, mais um oximoro demasiado evidente da personalidade do chihuahua, terminou por criar um mal-estar intransponível. Pouco a pouco, a expressão postiça do amor passou a ofender o Rato. Ele entendeu que corresponder ao papel que o chihuahua lhe reservara era se entregar sem resistência a um vampiro disfarçado de donzela. En-

tendeu que o chihuahua tinha lhe reservado o papel de idiota (ao qual ele tinha se prestado de bom grado quando declarou seu amor). Mas continuava sem entender algumas coisas. Quando afinal deixaram de se ver, tentando se agarrar ao fiozinho de ilusão que lhe sobrava, por um mecanismo de defesa já comprometido, como o das células enganadas por um vírus, o Rato vacilou e, caindo afinal na armadilha que lhe fora preparada, passou a duvidar de que uma relação forjada nas palavras de um amor com desdobramentos cósmicos pudesse ser apenas utilitária. Quis acreditar que o chihuahua o tivesse realmente amado.

Só um mecanismo de defesa assim comprometido, capaz de confundir o inimigo com um irmão, seria capaz de fazê-lo esquecer quão falsos soavam os e-mails do chihuahua desde o início. Quando falava, era menos chocante, porque se fazia acompanhar de gestos e expressões que mitigavam a mentira; mas, quando escrevia, a impostura saltava aos olhos. No final das contas, se não conseguia fazer corresponder as palavras aos sentimentos, talvez não fosse, como o Rato acabou concluindo, porque não sentia nada, mas porque o que sentia teria impedido que o Rato se apaixonasse por ele. As palavras eram uma capa. Ele não podia se expor. Era o contrário do que o Rato fazia o tempo inteiro, com uma alegria e um desprendimento adolescentes. O chihuahua podia dizer que amava perdidamente, que estava apaixonado, mas era como se seguisse uma cartilha para exprimir o que não sentia, uma cartilha feita para extraterrestres que, recém--chegados à Terra, quisessem se imiscuir entre os humanos para em seguida pôr em prática seu plano de exterminação. A mesma palavra que na boca do Rato expunha sua vulnerabilidade, na do chihuahua servia de escudo de lata, porque suas mentiras eram canhestras. Havia, além disso, em sua escrita postiça, aqueles lapsos intransitivos que denunciavam nem que fosse um vestígio de verdade mas nos quais o Rato, por vaidade, raramente prestava atenção.

Seria tranquilizador ter certeza de que o chihuahua não passava de um mau-caráter ou de um bandidinho, como dissera o empresário, mas bastava reler os e-mails ou os SMS que ele lhe enviara para que o Rato voltasse a acreditar que tivesse sido amado de verdade, apesar de toda a desfaçatez do artifício e da inverossimilhança. "Ele pode ter te amado de verdade e deixado de amar. Isso acontece, você sabe?", a terapeuta disse afinal, sem nenhuma ironia. "Talvez você seja só um idiota ou um ingênuo. Talvez continue acreditando no amor como um adolescente. Ou pior: talvez tenha voltado a acreditar no amor, na meia-idade. É típico."

O Rato podia acreditar no amor como um adolescente, mas o chihuahua agia como uma criança. O chihuahua podia sair para brincar de casinha, mas, na hora que o chamavam de volta para casa, a brincadeira acabava e o Rato ficava sozinho no parque, sem entender que não tinha sido de verdade. Não via graça numa vida cínica e desiludida, pontuada por intervalos de faz de conta. "Seria fácil não acreditar se ele tivesse agido de forma inequívoca", o Rato argumentou.

"Os atos dele são inequívocos. Ele te deixou, já não te ama, se é que te amou, se é que não estava brincando o tempo inteiro, se é que não era tudo ironia, enquanto você levava tudo a sério e ao pé da letra", a terapeuta respondeu à altura.

"Mas e as palavras? Tudo não pode ser reduzido a ironia o tempo todo."

"As palavras não contam. Não querem dizer nada."

* * *

12. Os primeiros meses sem notícias foram difíceis, mas nada que se comparasse ao entendimento de que a separação não era definitiva, apenas o segundo tempo e o começo de uma série de tentativas de retomada que não teriam fim. O "corte cirúrgico" operado pelo chihuahua, em suas próprias palavras, por Skype significava apenas o fim de uma esperança à qual o Rato restringira a vida em poucos meses. Tinha se declarado já no primeiro encontro, como um jovem inexperiente que descobre o amor e acredita que será para sempre o único, que nunca mais vai viver nada igual. Com o agravante de que a experiência e os anos davam àquele encontro o peso de uma última paixão. Seguia o manual do homem de meia-idade que, inconformado com a decadência natural, termina por se adiantar à morte, achando que está renovando um contrato com a vida. Tendo reduzido a vida a uma série de desilusões, só lhe resta um remédio para voltar a viver: nascer de novo, se apaixonar de novo, mas com a intensidade de um inocente — pela primeira vez, o que é impossível. Para nascer de novo, antes é preciso morrer. Deve ter sido o que atraiu o chihuahua àquele desespero. Percebeu a ambiguidade e o potencial suicida daquela "segunda adolescência", os resultados que teriam suas ações e suas vontades na vida de um homem maduro que ele acabava de conhecer e que já lhe entregava seu destino como uma criança indefesa.

O chihuahua se apresentava como uma criança frágil, mas era o Rato quem sofreria as consequências da inocência e de sua perda. Quando o chihuahua sumiu, ele foi procurá-lo justamente onde já não podia vê-lo. Começou a frequentar saunas e *cruising bars*, com o pretexto de esquecer, mas logo se viu refém de uma esperança tola, apostando no anonimato como sua última chance de tornar alguma coisa novamente possível entre eles, na eventualidade muito remota de um reencontro casual onde menos seria provável. No início, antes de afundar de vez nessa cegueira, ele se deixou surpreender e distrair pelos homens que encontrava e pelas histórias que lhe contavam. Mas logo estava perseguindo o espectro do chihuahua de novo, pelos labirintos dos inferninhos. Via-o por toda parte, onde ninguém via ninguém. Uma vez, na penumbra de um *darkroom*, em Berlim, viu um vulto abaixar as calças, debruçar-se sobre um corrimão e esperar que abusassem dele. Por um instante, achou que pudesse ser o chihuahua e se aproximou por trás, pôs o pau para fora, entre as nádegas do rapaz que, depois de acolhê-lo e de masturbá-lo, sempre lhe dando as costas, de repente, com o pau do Rato na mão, o repeliu como se afinal o tivesse reconhecido; não queria mais nada com ele. E foi nessa hora, ao ser repelido — e não antes, quando enfiara o pau entre suas nádegas —, que o Rato teimou que era mesmo o chihuahua. Não teve tempo de comprovar nada, porque o rapaz levantou as calças e desapareceu antes que ele pudesse vê-lo. E, como não havia conexão entre os corpos anônimos no *darkroom* e os homens bebendo no bar da sala adjacente, tampouco havia como reconhecê-los, a menos que os acompanhasse pela passagem de um ambiente ao outro. Qualquer um no bar podia ser o rapaz que minutos antes tinha abaixado as calças e esperado para ser abusado. E o chihuahua não estava entre eles.

O Rato começou com parcimônia, como compensação, como se aquilo não fizesse parte de sua vida, fosse apenas uma fase e uma muleta da qual se livraria assim que estivesse recuperado. Mas, conforme a angústia inicial da perda foi se dissolvendo numa infelicidade crônica, as saídas também ganharam em regularidade, terminando por confrontá-lo com a decrepitude que o apavorava. De repente, era a mão dele, como a dos velhos, que os vultos afastavam quando tentava tocá-los na penumbra dos *darkrooms* ou dentro da bruma dos amãs. Em menos de seis meses, a perda do chihuahua (ou do que o chihuahua tinha representado) submetera o Rato a um processo veloz de decadência. A juventude que o chihuahua encarnava tinha desaparecido com ele.

Ele parou de frequentar as saunas depois de ver um velho muito gordo, provavelmente sob efeito das drogas que o mantinham sexualmente ativo, desfalecer e permanecer contorcido no chão, enquanto os outros continuavam a passar por cima dele, indiferentes, à procura de corpos que ainda estivessem em pé e em funcionamento. Era como se não o vissem, como se preferissem não o ver, como se o corpo do velho caído no chão fosse só um contratempo ou um obstáculo num circuito de prazeres. Era um caso perdido, o curso natural das coisas, onde eles também acabariam. Por ora, não tinham tempo a perder, estavam vivos, demasiado ocupados com o desejo para cuidar de um homem que, como eles, tinha feito a mesma coisa até o fim, até cair, e já não era de nenhuma serventia. Apenas um entre eles, ao ver o velho no chão, tentou reanimá-lo e, ao notar a presença de alguém às suas costas, observando a cena paralisado, pediu aos gritos que tomasse uma atitude e fosse buscar ajuda. O Rato era esse homem imóvel, em pé atrás do outro que, ajoelhado, acudia o velho agonizante. Demorou alguns instantes até ouvir os gritos e compreender que eram reais e que lhe eram dirigidos. Estava paralisado pela visão do próprio futuro. Deixou de frequentar as saunas, porque continuava se projetando em tudo o que via, depois de deparar com um sexagenário gordo e desdentado, que lhe sorria como o chihuahua lhe sorrira pela primeira vez no teatro em Berlim.

Não podendo rever o chihuahua em seus próprios termos, ou seja, não podendo fazê-lo cumprir a promessa do amor correspondido, o Rato sonhava em receber da realidade, que é outra forma de se referir a Deus, um antídoto que o imunizasse e o fizesse esquecer o chihuahua para sempre. Sonhava com a chance de ouvi-lo, numa gravação, por exemplo, e se possível rindo, dizer aos amigos que tinha pena do Rato e que nunca sentira nada por ele. Mais que isso, sonhava em ouvir o chihuahua confessando a terceiros que se servira dele enquanto ele lhe parecera útil. Sonhava com palavras verdadeiras.

Houve uma segunda fase, marcada pela confusão de encontros furtivos com homens sempre mais jovens que, depois de trocarem confidências, telefones e e-mails, desapareciam sem explicações, reaparecendo de repente, semanas depois, para dizer que estavam pensando nele. O Rato nunca ousaria lhes escrever para dizer que estava pensando neles se não estivesse realmente pensando neles. Não entendia que lhe escrevessem — e todos escreviam — para dizer que estavam pensando nele quando na verdade não estavam. Não corriam nenhum risco, porque logo voltavam a sumir. Nisso, de alguma forma, faziam lembrar o chihuahua. Mas afinal qual era a graça de não correr nenhum risco? O fato de serem todos mais jovens também lhe parecia uma coincidência que aos poucos começava a dizer alguma coisa sobre a sua própria idade.

Poderia ter pensado que Deus afinal tivesse atendido a seus pedidos, enviando os dados necessários para que desmistificasse a personalidade do chihuahua, quando esbarrou em similares menos inteligentes. Bastaria ter compreendido através daqueles esboços mal traçados as linhas básicas do comportamento emocional do chihuahua. Mas àquela altura o Rato não estava em condições de compreender sinal nenhum. Buscava a salvação em outros homens. Buscava um substituto e um antídoto para o chihuahua, alguém que ocupasse o vazio deixado por ele. Acabou compreendendo retrospectivamente que, se os exemplares que Deus, o acaso ou a realidade lhe enviaram, permitindo que associasse o chihuahua a um tipo comum e assim o desmistificasse, obedeciam a um mesmo padrão, era porque talvez não tivessem sido enviados nem por Deus nem pelo acaso, mas antes tivessem sido escolhidos por ele mesmo, o próprio Rato, por corresponderem aos elementos que ele reconhecia no chihuahua. Eram feitos da mesma matéria que o chihuahua e até repetiam algumas de suas táticas, só que sem o mesmo sucesso, porque eram infinitamente mais burros.

Meses depois da ruptura por Skype, por exemplo, numa das visitas à filha em Berlim, o Rato conheceu um tradutor do russo e por um momento acreditou que, melhor do que tentar eliminar a paixão (o que já se mostrara inútil), seria transferi-la. É claro que o problema não estava nos outros, o problema era ele. Ainda não estava convencido de que a crise da meia-idade precedesse o chihuahua (na verdade, a crise tinha sido a condição para que se apaixonasse; quis usar o chihuahua para vencê-la) e o acompanharia aonde quer que fosse e com quem ele estivesse. Tentando corrigir o sonho frustrado pelo chihuahua, achou por um instante que pudesse, quem sabe, passar o resto da vida ao lado do tradutor do russo. Mas, como se a paixão risse de si mesma, apaixonou-se (ou quis crer que se apaixonava) ao vê-lo de costas, pela nuca, pelo corte de cabelo. Procurava reeditar a paixão à primeira vista, como se fosse possível se apaixonar por um homem diferente a cada estação, e a vontade era tanta que chegou a se ver apaixonado antes mesmo de ver o tradutor de frente.

Apostava todas as fichas numa projeção sem freios. É claro que o tradutor não correspondia ao que o Rato esperava, mas não seria um pequeno contratempo que iria demovê-lo da sua obstinação em se ver livre do chihuahua. Vencida a primeira decepção, respirou fundo e seguiu em frente. Conversaram por quase uma hora, trocaram números de telefone e deixaram mais ou menos combinado se reencontrarem. Marcaram num bar em Kreuzberg, numa quinta-feira, quando a lotação chegava ao máximo, deixando a circulação impraticável. Era uma precaução. Haveria sempre a possibilidade de se desencontrarem no meio da massa, no caso de um arrependimento de última hora. O Rato chegou atrasado e demorou a avistar o tradutor espremido num canto, conversando com um homem que tinha o dobro da sua altura. Ele os observou de longe, protegido pela multidão de homens comprimidos uns contra os outros. Pensou duas vezes antes de avançar, mas a vontade de esquecer o chihuahua era maior do que a suspeita de um desastre anunciado.

O Rato ainda não sabia, mas o tradutor do russo também era poeta. Seus poemas eram imitações baratas da poesia de Mandelstam, o que bastaria para ele (Rato), mais do que nunca obstinado em estabelecer paralelos, associá-lo ao chihuahua, pela imitação, embora as semelhanças não parassem por aí e pudessem ser até mais objetivas. Logo iria descobrir, por exemplo, que o tradutor também estava sujeito a ataques de nervos quando o contradiziam e que, como o chihuahua, manifestava uma tendência irritante a não assumir a responsabilidade de seus atos. E, como o chihuahua, também via apenas o que queria e o que o interessava, mas não dominava tanto a dissimulação, de modo que era menos um manipulador do que uma vítima do amor-próprio. Tinha a mesma idade do chihuahua, oito anos a menos que o Rato. E, como o chihuahua, também agia à maneira de uma criança. Embora os dois estivessem para lá dos quarenta, no tradutor do russo a imaturidade caía bem pior. Se no chihuahua ela era apenas aparente, além de ser um charme e um elemento de sedução no qual ele se distinguia, ajudado pela constituição frágil e jovial, no tradutor do russo era o aspecto autodestrutivo que sobressaía. Estava com um copo de cerveja na mão quando afinal avistou o Rato no meio da massa humana comprimida e levantou o braço para saudá-lo, impedindo sua fuga.

O homem com quem o tradutor conversava e que tinha o dobro de sua altura era um amigo do tempo em que vivera em Moscou. Estava em Berlim a passeio, hospedado em sua casa.

"Achei que você tivesse desistido", o tradutor disse ao Rato, apresentando-lhe em seguida o amigo russo.

Por um segundo, o Rato teve uma sensação terrível de repetição, como se, além das semelhanças com o chihuahua, o tradutor também tivesse um namorado. Só faltava ser ator.

"Não! Anton não é meu namorado. Trabalha com marketing", o tradutor esclareceu, sem querer saber de onde o Rato tinha tirado aquela ideia de ator, e aparentemente sem ver nada estranho na pergunta, o que talvez já fosse um indício de que estava bêbado e que a conversa não iria a lugar nenhum. De fato, depois de mais de uma hora tentando distrair o silêncio com perguntas que não precisavam ser respondidas, com a banalidade das respostas e com olhares perdidos ao redor, quando o Rato já se preparava para ir embora, o tradutor pulou em cima dele e o beijou na boca. Nessa hora, o amigo russo desapareceu, providencialmente. O Rato correspondeu ao beijo, reagindo como podia à voracidade do tradutor, que só cessou minutos depois, afastando o rosto do Rato com as duas mãos, para vê-lo melhor e dizer que temia se apaixonar, que o Rato estava numa posição de poder (estava em Berlim de passagem, acabaria indo embora e o deixando só) e que por isso ele precisava tomar cuidado para não se machucar, era um homem frágil, tinha passado por momentos difíceis na vida. A improbabilidade daquelas palavras, o jogo de sedução invertido, o sedutor se fazendo passar por seduzido, deram ao Rato uma sensação que ele preferia não reconhecer e que bastaria para desmistificar a pretendida singularidade do chihuahua como um mero estereótipo gay. Fingiu que não tinha ouvido ou que não tinha entendido o que dizia o tradutor. Continuaram se beijando mais uns minutos, até o Rato dizer que já estava na hora, tinha de acordar cedo para levar a filha ao colégio. Voltou para o hotel com a esperança desfeita de que ali pudesse se esboçar uma alternativa ao chihuahua. Precisava pensar em algo (ou em alguém) mais inteligente para esquecê-lo.

13. De volta a Nova York, ainda sem saber como processar a notícia da morte do chihuahua, o Rato recebeu um telefonema da ex-mulher lhe anunciando que a universidade decidira contratá-la. Era um segundo baque. Significava que ela e a filha ficariam em Berlim depois do término da bolsa. A ex-mulher estava eufórica. Precisavam comemorar quando ele fosse visitá-las. Iriam jantar, os três, no restaurante indonésio com o qual a filha vivia sonhando, do outro lado do canal.

Desde a separação, o Rato as visitava sempre que podia, pelo menos uma vez a cada dois meses. Em geral, ficava num hotel perto delas. Durante os dias que passava na cidade, era ele quem levava e buscava a menina na escola. Na volta para casa, costumavam passar por uma loja de doces turcos e depois ele a ajudava com os deveres até a mãe chegar da faculdade ou da biblioteca. A contratação da ex-mulher mudava tudo. O Rato teria que repensar sua vida. Elas ficariam alguns anos em Berlim e ele não queria que a filha passasse a adolescência longe dele. Podia renegociar um ano sabático com a agência. Era o que ele tinha planejado originalmente, antes da separação. E agora a morte do chihuahua vinha a calhar, tornava tudo mais simples. O Rato já não corria o risco de um reencontro ou de uma recaída. A morte do chihuahua lhe assegurava ao menos a consumação do luto.

Era a primeira vez que a filha saía à noite em Berlim. Abriram uma exceção, era uma ocasião extraordinária, e a menina só faltava explodir de felicidade. Tinha herdado do pai aquele entusiasmo transparente que o transformara em presa fácil. O jardim do restaurante ficava aberto entre maio e setembro. No inverno, serviam no interior, onde uma dúzia de mesas de quatro lugares atravancava o espaço acanhado de uma única sala a meia-luz, mas a comida era excelente e o lugar trazia boas recordações do tempo em que o Rato e a mulher viveram em Berlim, antes do casamento. Apesar do espaço reduzido, a luz baixa fez com que ele só visse o chihuahua quando já era tarde, quando já estavam sentados e já tinham pedido os pratos. Ele o viu de relance ou achou que o tivesse visto, porque em princípio o chihuahua estava morto. Seu espectro, ou o que quer que fosse, estava sentado a uma mesa de canto, no fundo do restaurante, conversando com alguém que o Rato não podia ver. "Que foi?", a mulher lhe perguntou, assustada com a expressão lívida do ex-marido. "Nada", foi a única coisa que ele conseguiu dizer, tentando voltar a si e querendo acreditar que fosse uma alucinação. Baixou os olhos por uns segundos, pôs a mão nos olhos e, quando voltou a olhar na mesma direção, o chihuahua já não estava lá.

"Você está bem?", a mulher perguntou.

"Preciso ir ao banheiro", ele disse, e se levantou.

O banheiro ficava na direção da mesa onde ele avistara o chihuahua. Estava possuído. Precisava tirar aquilo a limpo. Mas, à mesa onde antes ele vira o chihuahua, agora restava apenas o outro homem, um sujeito ruivo, de barba, que sorriu para o Rato. No lugar do chihuahua, havia apenas uma cadeira vazia, o guardanapo e os talheres intactos. O Rato desviou o olhar e seguiu até o banheiro. Insistiu em abrir a porta até que um homem que não era o chihuahua saísse de lá de dentro e lhe perguntasse espantado se ele não tinha visto que o banheiro estava ocupado. Quando o Rato voltou à mesa, minutos depois, a filha o recebeu com os olhos arregalados.

"Que foi, papai? Você está passando mal?"

"Não é nada, querida. Acho que fiquei o dia inteiro sem comer. Vamos pedir?"

Antes de abrir o menu, passou novamente a sala em revista e percebeu que o homem do banheiro estava sentado duas mesas a sua esquerda, de mãos dadas com a mulher, e, à mesa onde antes acreditara ter visto o chihuahua, a cadeira continuava vazia.

14. Foi o sexo que levou a melhor amiga de adolescência de sua ex-mulher a subir o morro, aos dezenove anos. Do apartamento da família, dava para ver o barraco onde ela passara a viver com o traficante. A história foi um escândalo. Pela primeira vez, pais de família começaram a pensar: "Os traficantes vivem entre nossas filhas", toda vez que olhavam de suas janelas para as praias apinhadas de gente aos domingos e para os morros cobertos de barracos. Ninguém descartava que as batidas policiais que naquele ano deixaram centenas de mortos nas favelas do Rio tivessem recrudescido sob a pressão dessa lógica. Foi a irmã caçula da amiga quem na época contou à mulher do Rato que o pai sempre chorava quando, no Ano-Novo, em Nova York, ou no 14 Juillet, em Paris, via os fogos de artifício pela janela do hotel e se lembrava dos fogos de artifício que espocavam no morro, diante de sua

janela, para anunciar a chegada da droga, e imaginava a festa na casa da filha. Mas a vida do pai da melhor amiga de adolescência de sua ex-mulher acabou mesmo no dia em que se tornou avô dos filhos do traficante. Nunca foi ao morro visitar os netos. E a única vez que vieram a sua casa, para conhecê-lo, quando já eram dois meninos parrudos e a filha estava grávida do terceiro, quebraram o jarro de porcelana da Companhia das Índias que fora o xodó da avó morta um ano antes. Nunca mais voltaram.

Quando chegou de seu périplo pelo mundo, logo antes de conhecer a mulher na praia, o Rato viu o tio septuagenário que costumava aconselhá-lo sobre o amor avançar, bêbado, o sinal de um cruzamento no Leblon, de madrugada. No fim da vida, só saía com meninas de programa, que acabaram arrancando dele tudo o que lhe restara depois da morte da mulher. Tinha se viciado em amores putos. Para o rapaz de vinte e poucos anos, a imagem do tio septuagenário voltando bêbado para casa, de madrugada, sozinho, depois de uma noite de sexo, teve um efeito terrível, menos por algum tipo de moralismo do que por identificação.

Toda crise é um acerto de contas entre uma promessa e a realidade. A dos cinquenta é a primeira claramente irreversível. O chihuahua usava o sexo como instrumento de poder na sua relação com os homens mais velhos, não só porque, a despeito da idade, em geral era mais experiente do que eles, mas porque sabia que o sexo para eles, ao contrário da insensatez da juventude, era uma obsessão consciente. Quanto mais temiam perdê-lo, quanto mais temiam a impotência e a morte, mais punham o amor acima de qualquer suspeita, para além de todo bom senso. A tática do chihuahua consistia em frustrar promessas. Bastava ele dizer ao Rato que o sexo entre eles ficava a desejar para que o Rato perdesse o prumo, já não soubesse o que fazer na cama ou na vida e chegasse a pensar em suicídio.

À diferença do sexo inconsequente da juventude, tão bem representado pela história da menina capaz de largar tudo pelo traficante, capaz de abrir mão de um futuro bem-sucedido, porque era rica, inteligente e bonita, para acabar parindo um filho atrás do outro, no morro, o delírio do sexo na meia-idade tem a ver com uma forma de desilusão e de consciência da qual se quer tomar distância. É certo que, na juventude, e a rigor em toda paixão, a ameaça da perda é um fator importante, se não central, mas a mesma ameaça ganha na meia-idade uma fatalidade que torna tudo muito mais urgente, reduzindo o pior a uma confirmação do que já se esperava. Na juventude, sempre é tempo. A partir dos cinquenta, as soluções ficaram para trás. E disso o chihuahua sabia com uma acuidade sinistra.

15. "Há uma inversão no princípio de toda perversão", a terapeuta insistia com o Rato. Essa era uma obviedade com a qual o chihuahua não sabia lidar. Achava-se original (era a imagem que vendia), mesmo que no fundo apenas confirmasse uma regra. Era estranho que um homem tão orgulhoso de si e de sua inteligência não visse nenhuma incompatibilidade entre originalidade e prospecção vampiresca do sentimento alheio. Como tudo nas suas relações estava reduzido a projeção e reflexo (não era fortuito que estivesse sempre condenando as projeções como ilusões típicas dos fracos), quando expressava em relação aos amantes uma insegurança que na verdade era deles em relação a ele, o chihuahua os induzia a um paternalismo cego e os fazia se vangloriar de uma força tão mais patética quanto pode ser a

expressão da ignorância de quem se acha no controle da situação mas está a um passo de ser devorado. Foi assim que ele levou o Rato a dizer que sempre haveria o recurso ao suicídio para os apaixonados, como se estivesse imune a isso e fizesse uma provocação ao chihuahua, quando na realidade era ele, Rato, o candidato mais provável. Na primeira vez que o Rato falou em suicídio como último recurso, por provocação, sem supor que corresse algum risco, o chihuahua imediatamente levantou as orelhas, como se tivessem lhe oferecido um osso. O que o Rato dizia, cheio de si e de inconsciência, o chihuahua tomou por desafio: vamos ver quem faz o outro se matar primeiro.

No início, a cegueira do Rato era capaz de fazê-lo consolar o chihuahua com frases do tipo: "Você não tem razão para ficar triste. Imagine só se estivesse apaixonado por alguém que não te amasse. Você podia não ser correspondido. Já pensou? E não é o caso. Não é razão pra ficar feliz?". Mas antes mesmo de terminar o que dizia, diante do silêncio perplexo do amante que o observava com olhos arregalados e brilhantes, o Rato intuía a inadequação das próprias palavras. O chihuahua não tinha nenhuma razão para estar triste. Era o Rato que não via o óbvio, a ponto de poder descrevê-lo com a distância analítica do observador mas sem se sentir concernido: era ele, e não o chihuahua, quem amava sem ser correspondido; era ele quem corria para o precipício, para salvar um homem que não precisava ser salvo, porque tinha asas. Corria para cair sozinho.

Por funcionar numa relação de mão dupla, a inversão termina por acionar um círculo vicioso. Quanto mais ele projetava no chihuahua o objeto do seu amor, mais o chihuahua se convertia em espelho, reproduzindo os sentimentos do amante como se fossem seus. E, como uma mágica que continuava a encantar o chihuahua mesmo depois de tantas experiências anteriores bem-sucedidas, a partir de um certo estágio da simbiose o amante também se convertia em espelho e passava a anunciar, sem perceber, como se fosse seu próprio desejo projetado no chihuahua, o destino que o chihuahua lhe reservava em segredo. Ou seja, podia chegar ao cúmulo de dizer ao chihuahua, com a inocência de quem não percebe estar anunciando a própria morte, que desejava vê-lo a seus pés, como um escravo do amor.

No início, o chihuahua não parava de falar do medo de estar apaixonado, da intensidade do que estava acontecendo entre eles, porque já tinha sido vítima de monstros no passado e tentava se preservar. Quando o chihuahua dizia ao Rato, com os olhos injetados: "Tenho medo de você", na verdade estava dizendo que era o Rato quem devia temê-lo.

"Me fale da violência", ele pedia ao Rato. "Se você me falar da violência, eu gamo."

16. Para o chihuahua não existia fim. Como para uma criança mimada, o fim era um castigo a ser burlado — ou, como ele nunca era responsável de nada, um castigo que outra pessoa pudesse sofrer em seu lugar. O fim era reversível. Tentou seguir manipulando os sentimentos do Rato, quando já não se falavam, enviando mensagens tolas, sem nenhum outro propósito além de se fazer presente, com uma avidez que comprometia a própria estratégia.

"Quem disse que não se pode ser tolo e inteligente ao mesmo tempo?", perguntou a terapeuta especialista em separações.

Também havia um forte elemento de indecisão em suas idas e vindas, que se refletia na própria escrita. O chihuahua não conseguia escrever sobre um sentimento ou uma vontade sem imediatamente pô-los em dúvida. Sobre a primeira vez que foram para a cama, quando o Rato lhe escreveu um SMS para dizer que estava com saudade, o chihuahua respondeu que foi bom, mas que podia não ter sido, como se tivesse aceitado o convite para almoçar sem saber do interesse que havia por trás, como uma colegial virgem e inocente induzida ao pecado, como se tivesse aceitado subir ao apartamento do Rato depois do almoço apenas para tomar chá. A ambiguidade não era só um elemento de sedução; fazia parte da estrutura psíquica do chihuahua. Agia como uma criança indecisa. Suas vontades podiam mudar de uma hora para outra, deixando o Rato perplexo. Podia lhe agradecer pelo melhor dia de sua vida, depois de passarem o dia inteiro na cama, e no fim do mesmo dia ter um ataque de nervos, por algum detalhe, por algum mal-entendido totalmente negociável, e não lhe dirigir mais a palavra até o dia seguinte. Podia chegar com mais de uma hora de atraso ao restaurante onde haviam marcado um jantar e passar o jantar inteiro em silêncio, à exceção de um ou outro comentário despeitado sobre as maneiras do Rato à mesa, e de repente, ao sair do restaurante, pegá-lo pela mão e, sem explicações, beijá-lo na boca, no meio da rua, na frente de clientes, garçons e pedestres. Quando tudo parecia perdido e o Rato já estava resignado a voltar sozinho para casa, o chihuahua podia tomar a dianteira e ir esperá-lo como um cão fiel na porta do apartamento. Podia insistir em beijá-lo até ele abrir a boca, depois de ter lhe dito que talvez fosse melhor interromper a relação ali mesmo. A ambivalência, nesse ritmo alucinado, como se o próprio chihuahua estivesse à mercê da indecisão, servia para que o amante nunca tivesse certeza do que ele realmente queria. Cada instante era uma surpresa. E o efeito imediato era a mais completa insegurança. Apesar de tudo o que o chihuahua pudesse dizer ou fazer, apesar das declarações de amor mais deslavadas, era preciso manter sempre um pé atrás. E aí se instilava a loucura.

"E quem disse que, suspeitando da própria tolice, ele não precisasse disfarçá-la, não precisasse dessa tática para te manter à distância? Porque, se ficassem juntos, você logo entenderia que estava lidando com um idiota", completou a especialista em separações.

17. Ele levou mais do que os dois meses de praxe para voltar a Berlim depois do episódio do restaurante indonésio. Dizia à ex-mulher que estava muito ocupado, que o mundo estava vindo abaixo (como se ela não estivesse vendo), mas não teve mais desculpas quando foi convocado para uma reunião de trabalho em Genebra. Era um pulo até Berlim. Preferiu não reservar um hotel como das vezes anteriores. Alugou um apartamento um pouco mais longe da casa da ex-mulher. Tirou dez dias de folga para usufruir da vida local, ir à feira, cozinhar para a filha, levá-la para dormir com ele. E lhe prometeu fazer um almoço turco no último fim de semana antes de ir embora. Na véspera do almoço, foi à feira do bairro comprar os ingredientes e ali, entre uma barraca e outra, deparou novamente com o chihuahua. Desde o primeiro encontro post mortem, no restaurante indonésio, o Rato tinha se convencido de que se enganara; tivera no máximo uma alucinação. Mas agora, na feira, já não restava dúvida de que era ele mesmo. Afinal, o chihuahua estava vivo. A história da morte nos atentados de Paris não passava de uma piada, a última peça que o Palhaço lhe pregara no avião. Deve ter saído do aeroporto às gargalhadas.

O Rato sentiu a vergonha dobrar o corpo, a raiva crispando suas feições. Observou o chihuahua de longe. Seguiu-o de barraca em barraca, sem que ele o visse. O homem por quem ele tinha se apaixonado três anos antes mais parecia um verme se esgueirando entre as barracas, com uma sacola cheia de verduras, temperos e frutas secas na mão.

"Então, a morte não morre nunca?", o Rato lhe perguntou, se aproximando por trás, quando o chihuahua tirava o dinheiro do bolso para pagar um suco de laranja.

Quando se virou, inabalável, como se já soubesse que vinha sendo seguido, o chihuahua estampava aquele mesmo sorriso luminoso com que o havia encarado da primeira vez, quando se conheceram na antessala do teatro. Se é que houve uma expressão de espanto ou mesmo de pânico ao ouvir a voz do Rato às suas costas, deve ter durado só um átimo, o tempo mínimo para ele poder se virar e encará-lo com o velho sorriso.

"Do que é que você está falando?", o chihuahua retrucou, sempre sorrindo, como uma criança feliz. Ainda tinha o poder de deixar o Rato sem palavras.

Tudo começava a se encaixar. O nome que ele tinha visto na lista das vítimas dos atentados de Paris, quando quis se certificar do que o Palhaço lhe dissera no avião, era de um homônimo. Claro, não havia nada extraordinário naquilo. Era um nome comum. Dezenas de pessoas tinham o mesmo nome. Ele devia ter desconfiado. Bastaria uma busca na internet para encontrar dezenas de resultados que correspondiam ao nome do chihuahua.

18. O Rato deparou pela primeira vez com o *São Cristóvão*, de Bosch, no museu Boijmans, em Rotterdam, em meio a esforços para esquecer o chihuahua, meses depois do "corte cirúrgico" por Skype. A explicação ao lado do quadro dizia que o gigan-

te pagão, representado no centro da pintura com uma criança nos ombros, varava o mundo à procura de alguém mais forte do que ele e que nessa busca tinha servido até ao diabo. Um dia, afinal, ao atravessar um rio com uma criança nos ombros, o gigante mal conseguiu suportar o peso. A criança era o Menino Jesus carregando os pecados do mundo. Curvado sob o peso do Filho de Deus, o gigante se converteu ao cristianismo e passou a ser chamado de Christophoros — "aquele que carrega Cristo", em grego. A explicação dizia que Bosch pintara a cena de modo convencional, mas que a paisagem era assombrada. Só então o Rato notou, na extremidade esquerda do quadro, a representação diminuta de um homem que podia passar por um índio brasileiro, de costas no chão, com o arco e a flecha (na verdade, uma besta) postos de lado, enquanto se esforçava para segurar a corda com a qual enforcava um urso pendurado no galho de uma árvore morta. A situação era grotesca e inexplicável. Que é que um homem segurando a corda com a qual enforca um urso teria a ver com o peso que Cristo (e o gigante, por justaposição) carrega nos ombros? E, no caso de uma analogia, por que o urso, e não outro animal, para representar os pecados dos homens? Por algumas horas, obcecado pela charada, o Rato esqueceu o chihuahua. Encontrou, na loja do museu, um catálogo que atribuía as representações do lado esquerdo do quadro ao passado que São Cristóvão deixara para trás ao se unir a Cristo. O urso era uma criatura terrena, pesada e temperamental, como o gigante havia sido antes de se elevar às alturas da fé. Tudo no quadro tinha a ver com a oposição entre o peso e a leveza. Mas também com os limites e as ambiguidades da pintura. A criança sozinha não podia representar o peso do mundo. Por vias tortas, o quadro punha em questão a própria possibilidade da representação de Deus. Era preciso recorrer a uma representação enviesada, por meio de pequenas alegorias laterais e secundárias, que povoavam a "paisagem assombrada", para dar a entender o peso daquela criança. Só o homem caído de costas no chão, para contrabalançar o peso do urso, mal conseguindo segurar a corda esticada com a qual mantinha a fera pendurada pelo pescoço no galho da árvore, podia sugerir, por analogia e contiguidade, que o gigante também penava para carregar o menino de cachinhos de ouro em seus ombros. Tudo ficava menos absurdo, mais proporcional e mais inteligível, sem que entretanto o humor fosse comprometido, se aquele homem enforcando o urso na extremidade esquerda do quadro fosse realmente o gigante em sua vida pré-iluminada, como explicava o catálogo. O que equivalia a dizer, no final das contas, que os pecados do mundo eram mais pesados que um urso. Era uma revelação dessa ordem, leve e simples, que ele esperava ouvir para se ver livre do chihuahua de uma vez por todas.

Ao contrário do que ocorria a São Cristóvão com Cristo nos ombros, a missão de resgate que o Rato acabaria aceitando por razões que a todos podiam parecer incompreensíveis, na verdade o livrava do peso do mundo. Não podia estar mais leve enquanto atravessava o campo pedregoso, sacudindo e batendo com a cabeça no teto do quatro por quatro que o motorista dirigia como se liderasse um rali. Ele e o guia voavam dentro do carro, enquanto o motorista, agarrado à direção e muito atento ao terreno a sua frente, se desviava das pedras maiores sem pensar em diminuir a velocidade. Ao contrário de São Cristóvão, que deixara o corpo a corpo com a natureza para se consagrar à vida espiritual, carregando a criança que expia os pecados do mundo, o Rato descartava qualquer peso moral para sua missão. Sentia que, como São Cristóvão, já tinha lidado com o diabo, mas não queria carregar mais ninguém nos ombros.

*   *   *

Era difícil entender o que ligava o *São Cristóvão*, de Bosch, ao medonho *Sansão e Dalila*, de Max Liebermann. Em ambos, por trás da representação bíblica, havia uma história de domesticação, de controle das forças da natureza que ultrapassavam o bom senso e a razão. Eram duas histórias de desmesura. Ambos tentavam representar por meio de alegorias — cômica, no caso de Bosch, e patética, no de Max Liebermann — o irrepresentável.

Em contrapartida, o Sansão, de Louis Finson, discípulo flamengo de Caravaggio, parecia rir, caído de costas no colo de Dalila, cercado pelas lanças do inimigo, enquanto ela lhe puxava a orelha como uma preceptora faria a uma criança travessa. O quadro estava no Museu de Belas-Artes de Marselha, onde o Rato se refugiou entre duas conferências enfadonhas de um congresso internacional sobre a violência, convocado de última hora pela universidade e pela prefeitura, depois de uma onda de crimes racistas ter sacudido a cidade. O que ele viu no quadro foi a cena bíblica transformada em piada, numa representação farsesca e inconsequente, como se nem o principal envolvido a levasse a sério. Só no meio da conferência da tarde, quando começaram a falar da necessidade de cercear os "discursos inflamáveis", foi que ele finalmente suspeitou que já não estivesse entendendo bulhufas e que seus esforços para entender, por maior que fossem, nunca dariam em nada.

19. Quando já tinha entendido o perigo a que se expusera com o chihuahua, calhou de o Rato ir assistir com a ex-mulher e a filha a uma montagem de *Sansão e Dalila*, a "porcaria de

Saint-Saëns", segundo Michel Leiris, amigo íntimo de Bataille e um autor que ele venerava desde que descobrira A África fantasma na adolescência, num sebo no Rio de Janeiro. O encenador decidira situar a ação da ópera durante a Comuna de Paris — ao que parecia, para fazer corresponder o entrecho bíblico ao momento da composição. Mas nem a encenação, kitsch como o que de pior ele já tinha visto na Deutsche Oper, pôde conter suas lágrimas quando o coro dos *communards* subiu ao palco e começou a entoar o "Hino da Alegria". Ele, que nunca usava lenço, pego de surpresa, as enxugava com as mãos e com os ombros, para consternação da ex-mulher e da filha. E, se os espectadores ao lado o ignoravam, era em parte por educação, mas também por simpatia pelo que devem ter associado a uma incontinência melômana. Ou assim ele esperava, enquanto seguia chorando ainda mais forte, agora que a filha segurava sua mão em manifestação de apoio. O que aquela música o fez ver não foi a perda de uma vida em comum e compartilhada com o chihuahua; foi a perda de uma vida pregressa, cósmica, extemporânea (contemporânea à música que ele ouvia) e que abarcava todo o universo. Ele se viu, com o chihuahua, em lugares onde nunca estiveram, quando ainda não eram nascidos, cercados de gente que eles não haviam conhecido. Chorava a perda de um amor universal e místico. Senão, por que o chihuahua o teria comparado uma vez ao irmão mais velho que ele nunca teve? Por que o chamara por nomes que não eram o seu? O Rato ouviu nas vozes do coro o amor de todos os homens e de todos os animais, o amor que era ao mesmo tempo solidariedade, compreensão e compaixão num destino comum. E que ali talvez correspondesse ao amor de Deus, mas não tinha importância. Depois de ter sido abandonado pelo chihuahua, estava condenado a cobiçar esse amor em cada casal apaixonado que visse na rua, em cada família feliz que passasse por ele com seu carrinho de bebê. E ele chorou ainda mais forte, ouvindo aquele oratório de inspiração cristã, destruído pelo entendimento de que estivesse condenado à inveja e à luxúria, e que inveja e luxúria nada mais eram do que solidariedade e compaixão cósmicas reduzidas a pecado pela miséria do lugar onde agora ele se encontrava. Chorava de vergonha. Não tinha coragem de olhar para os lados. O que ele perdera não fora só o chihuahua, mas uma ideia de mundo e uma ilusão. Sem o chihuahua, agora ele sabia, não havia mais ligação cósmica possível, ele estava condenado a pecar. Era esse afinal o efeito da moral cristã, o lugar a que ele fora reduzido. Não adiantava projetar, não havia sexto sentido, não havia comunhão espiritual com o resto dos homens. Ele estava confinado aos limites de seu corpo mortal, ao raio estreito de seus sentidos físicos, reduzido à própria vida, àquele percurso miserável de um indivíduo entre o nascimento e a morte.

Assim como Sade, ele podia conceber que o amor não existisse e que o sexo viesse do mesmo desejo que leva o homem a matar. Mas, assim como o amor burguês era insustentável a longo prazo (e o fim do sexo no casamento lhe parecia uma prova cabal), também o prazer do assassinato não podia sobreviver aos segundos do gozo. Ele estava entre a cruz e a caldeirinha. Tudo era irremediavelmente breve e ele já tinha vivido provavelmente mais da metade de sua vida sem nem por isso se dar por satisfeito. É claro que o amor era apenas uma projeção sem futuro, mas o sexo sem amor não tinha melhor sorte. O chihuahua citava Sade sempre que o Rato começava a sonhar com uma vida a dois. Mas, quando, de tanto repeti-las, as citações sadianas passavam a soar como clichês tão convencionais quanto a vida burguesa, ao chihuahua só restava apelar para uma ironia muito aquém de seus melhores momentos. Era quando imaginava, forçando um sorriso sarcástico, ele e o Rato juntos, dois velhinhos numa clínica suíça. As preleções do chihuahua acabavam sempre confrontadas com as contradições de sua própria prática. Se era ele quem provocava o mal, o alvo eram as convenções burguesas, mas bastava ser contrariado para se dizer vítima inocente da maldade do mundo. E assim o Rato acabou associando os dois opostos, o desejo levado às últimas consequências e o amor burguês, como duas fantasias sem futuro. É claro que desejava matar o chihuahua quando o penetrava. Mas aquele desejo durava o tempo do gozo. Sade não era alternativa ao amor burguês e ele ainda ansiava por uma vida longa e sexualmente ativa. Não estava pronto para morrer, mesmo se tivesse se apaixonado por alguém cujo desígnio inconsciente era matá-lo.

20. A verdade para o chihuahua tinha sempre dois pesos e duas medidas. Achava-se extremamente generoso, mas era mesquinho a ponto de confundir generosidade com um cálculo parcimonioso de manifestações sentimentais quando se tratava de manter os outros sob sua influência amorosa: distribuía migalhas como se fizesse favores e agisse em nome da justiça, do equilíbrio e da igualdade. Destilava o amor a conta-gotas, alternando, às vezes com apenas poucas horas de diferença, avanços e retiradas, entrega amorosa e premeditada fobia, numa inconstância que poderia vir da culpa se não fosse um método de manter a presa sob sua mira, hipnotizada, ligada ao predador por um tipo neurótico e suicida de cegueira. Fazia da volubilidade um elemento da sedução. Mas bastava se beneficiar da generosidade dos outros para tratá-los como idiotas, abusando de quem o amasse. O mundo estava povoado de gente má, ou assim ele dizia, enquanto seguia fazendo suas próprias maldades, justificadas como ações não convencionais contra as convenções da vida

burguesa. Se fosse para seguir Sade ao pé da letra, quem mata pelo próprio desejo também deveria estar pronto para morrer pelo desejo do outro. A menos que não sejamos todos governados pelos mesmos desejos e pelos mesmos instintos, a menos que haja uma hierarquia também na natureza e as convenções que servem para uns não sirvam para outros, o Rato pensava mas não dizia. Se o chihuahua contou tudo ao Palhaço, desde o início, não foi só porque precisava de uma plateia, e de ao menos uma testemunha de suas conquistas amorosas, mas porque a relação com o conquistado — no caso, o Rato — não tinha a menor importância. E foi isso que o Rato compreendeu, quando o chihuahua lhe contou que o Palhaço descobrira, menos de um mês depois de tudo ter começado. "Como foi que ele descobriu? Você não contou, contou?" Não. O chihuahua não precisou contar; bastou deixar abertos no computador, como a trilha que levasse a presa à armadilha, todos os traços daquela relação recém-nascida. "Por que é que você fez isso?" A resposta já estava embutida na própria pergunta do Rato. Mesmo assim, ele continuou querendo acreditar no chihuahua quando ele lhe dizia que o amava ou que havia chorado por ele, que pensava nele e estava com saudade.

21. O chihuahua chamava seu apartamento de toca. Tinha a fantasia de que era para lá que atraía suas presas, a começar pelos homens que encontrava casualmente e dos quais chegou a fazer uma pequena lista para o Rato, destacando aos risos os casos mais excepcionais. O Rato sentia na própria pele as consequências de ter sido levado à toca. Era como se tivesse deixado lá um pedaço, um osso que o chihuahua roía e manipulava à distância, com efeitos deletérios, como um boneco de vodu. Mas, porque estava apaixonado, ouvia as aventuras pregressas do chihuahua, algu-

mas delas tristíssimas, como se fossem contos de fada. A preferida do Rato era a da noite dos fetichistas de tênis, quando o acesso ao inferninho no térreo do Berghain, uma antiga usina geradora de energia convertida em paraíso da música eletrônica, ficava restrito a quem estivesse pelado e de tênis. Nessa noite, o chihuahua descobriu um novo prazer ao reconhecer de repente, ajoelhado a seus pés, um estudante mexicano de filosofia, especialista em Kierkegaard, que àquela altura fazia doutorado em Copenhague, lambendo o tênis que ele comprara especialmente para a ocasião. Os dois se conheciam vagamente da universidade no México, mas fingiram que era a primeira vez que se viam. O chihuahua acabou levando o especialista em Kierkegaard para casa, onde ele afinal lhe contou que estava morrendo.

"O fetichismo é o caminho natural para o sujeito acostumado a dispor das pessoas que o cercam conforme suas necessidades de atribuir um sentido ao mundo do qual ele é o centro, assim como na infância dispunha de seus brinquedos e bichinhos de pelúcia", a terapeuta explicou ao Rato, sem o convencer totalmente. Quando os dois se encontraram na antessala do teatro em Berlim, o chihuahua estava terminando um ensaio sobre os índios ximpicós, da fronteira do Brasil com o Peru, e mais especificamente sobre o "teatro do oiupá", a cerimônia em que esse roedor feroz, típico da Amazônia ocidental, é imitado pelos índios numa dança que descontextualiza a violência da natureza até torná-la risível. O interesse do chihuahua pelos rituais animistas tinha mais a ver com seu próprio narcisismo do que com alguma ambição antropológica, que de fato ele não tinha. Via nos índios ximpicós uma expressão social do seu próprio lugar no mundo, uma explicação civilizatória e uma aceitação do dispositivo perverso para além da tradicional condenação psicanalítica. No ritual ximpicó, ele encontrara uma justificativa positiva para a sua própria maneira fetichista de lidar com o outro, transformando todos ao redor em bonecos e bichinhos, para suprir suas necessidades num ritual perpétuo. Insistia em passar a imagem de si como um animalzinho selvagem que seguia pelo mundo, indefeso e desamparado, guiado apenas pelos instintos. Desprezava os animais domésticos e as crianças, mas insistia em se fazer de menino e não disfarçava a urgência de encontrar um dono que o tratasse como a um cãozinho de estimação e que, apesar de severo, se deixaria enganar e conduzir pela graciosidade do animal. Para o chihuahua, o pensamento animista, anulando a distinção entre o mundo dos homens e o mundo animal, servia ao dispositivo do qual todo narcisista precisa. Nada o irritava mais do que ser confrontado com as contradições da realidade e com a autonomia do outro.

O ensaio sobre a derrisão da violência entre os índios ximpicós explicava em parte o interesse do chihuahua em fazer contato com uma autoridade internacional no combate à violência, que além do mais era brasileiro como esses índios. Foi o pretexto que ele deu ao Rato àquela altura, quando seu verdadeiro objetivo ainda não estava claro.

A aproximação calculada do chihuahua, a promessa de um amor que simplesmente não existia, não teria outro motivo senão expor a fraqueza daquele que dedicou a vida ao combate da violência. O chihuahua queria comprovar a vaidade da virtude. E havia mirado no Rato, como o exemplo ideal. Como se bastasse dobrá-lo e fazê-lo cair para provar a impostura de sua luta por um mundo menos violento.

*   *   *

Além disso, havia no desejo amoroso do Rato um elemento de dominação que o chihuahua por certo reconhecera e estava decidido a desmascarar. A última vez que transaram em Berlim, antes do "corte cirúrgico" por Skype, o chihuahua lhe disse que na vez seguinte traria um consolo duplo que lhes permitisse ser penetrados ao mesmo tempo, pelo mesmo objeto, e gozarem juntos, de um prazer igual. Era uma forma de embaralhar os papéis, de converter o passivo em ativo, de igualá-los pelo cu. "Unidos, como dois cães, pelo olho cego do cu. Somos muito parecidos, feitos da mesma matéria", o chihuahua lhe disse, sorrindo. E o Rato, surpreendido e perturbado, não soube o que responder além de balbuciar um tímido não, o rosto contorcido por uma súbita expressão de contrariedade envergonhada. A frase do chihuahua correspondia a um estágio avançado da sua estratégia de desestabilização. Era uma estocada profunda. Atingia um ponto obscuro de sustentação da autoimagem do Rato, fazendo desmoronar ao mesmo tempo a benevolência do seu amor. A verdade é que o Rato só conseguia amar dominando.

22. O Rio de Janeiro da sua juventude foi um lugar de onde era difícil emergir. Pouco antes de se mudar para Berlim com a mulher, o Rato sonhou que, num dia de ressaca, a cidade fora coberta por uma grande onda e, como no rescaldo da rebentação, um imenso refluxo de espuma branca impedia que as pessoas voltassem à superfície para respirar. O Rio para ele era isso. Como se ali fosse preciso vencer uma camada espessa de espuma borbulhante antes de chegar à superfície e poder realizar o que quer que fosse. Decidiu ir embora para respirar. Achava que, se ficasse, acabaria imobilizado como as pessoas a sua volta. Cortou

todos os laços que o mantinham ligado à cidade e só depois de ser rechaçado pelo chihuahua, quase trinta anos depois de ter ido embora dali, foi que sentiu pela primeira vez a urgência de voltar, reatar vínculos, rever quem ele havia abandonado. Entre essas pessoas estava o primeiro homem por quem ele se sentira atraído, um colega de escola, que acabou ficando com a filha de uma amiga de sua mãe, por quem ele chegou a alimentar uma paixão platônica na época. Naquele meio-tempo, o colega de adolescência havia se casado com outra mulher, tido filhos, se separado, comprado um barco e ido viver em Paraty, onde era sócio de uma pousada. Voltava ao Rio de vez em quando, para resolver assuntos práticos. O pai morrera fazia pouco tempo e era ele o inventariante. O Rato procurava uma justificativa para sua obsessão e, por um momento, incentivado pela terapeuta, pensou que pudesse encontrar uma pista na semelhança física entre o chihuahua e os fantasmas de sua juventude. Desde a ruptura por Skype, quando deixou de vê-lo, passou a associar o chihuahua ao colega de escola e a outras lembranças do Rio. Se sua paixão não passava mesmo de uma projeção, como o próprio chihuahua lhe havia dito por Skype como mais uma boa razão para romperem — ou, pior, se sua paixão não passasse mesmo da projeção de uma frustração adolescente, como dera a entender a terapeuta —, talvez ele pudesse vencê-la ao confrontá-la com seu objeto original.

O Rato acreditava nessas coisas, tinha sido criado dentro da psicanálise. No Rio de Janeiro de sua infância, a psicanálise era uma segunda natureza à qual ele fora exposto desde pequeno, por pais precavidos que tentavam evitar o aborrecimento e a culpa de um dia acordar com um monstro adolescente dentro de casa.

A primeira analista (ao longo da vida, ele passou por outras até chegar à especialista em separações) era uma mulher que o observava com olhos pequenos por trás de lentes fundo de garrafa e interpretava cada um de seus gestos segundo as teorias de

Melanie Klein, muito em voga naquele tempo, enquanto ele brincava no quintal de uma casa em Botafogo onde na época seus pais também se submetiam a um método revolucionário de terapia de casal, que nem por isso deu resultado. Quando, às vésperas de seu aniversário de cinco anos, ele descobriu que os pais estavam de malas prontas para Nova York, onde, encorajados pelo terapeuta de casais, pretendiam passar uma segunda lua de mel, foi a analista kleiniana quem teve de pagar o pato. Na falta da mãe, uma tia ficou encarregada de levá-lo à análise e trazê-lo de volta para casa. A psicanalista costumava buscá-lo na sala de espera e conduzi-lo até o quintal, onde o Rato podia brincar do lado de fora ou, se estivesse chovendo, desenhar e esculpir com massinha, numa edícula onde ela terminava por lhe revelar o verdadeiro significado de seus desenhos e bonecos de massa, desconstruindo e contrariando a narração que minutos antes ele lhe fizera, a pedido dela, sobre os mesmos desenhos e bonecos. Na primeira sessão durante a viagem dos pais, como o dia estava esplendoroso, ele escolheu ficar do lado de fora. Encheu um balde de água e pediu à analista que se agachasse ao lado dele, para que pudessem brincar juntos. Assim que ela se agachou, ele pediu a ela que tirasse os óculos com lentes fundo de garrafa sem os quais não enxergava um palmo adiante do nariz. "Como você é feia", ele disse, fitando a ludoterapeuta kleiniana que, além de irremediavelmente míope, era estrábica. E ela, que tinha estudado para reagir bem a esse tipo de agressão infantil, respondeu sem pestanejar, como se não fosse com ela: "Você não está falando comigo". Não? "Está falando com sua mãe. Está agredindo sua mãe." O menino tampouco perdeu tempo. Sua irritação tinha chegado ao limite. Virou o balde de água na cabeça da psicanalista (o que pelo menos lhe permitiria chorar à vontade, sem se comprometer profissionalmente), correu até a sala de espera e, puxando a tia pela mão, explicou que já podiam ir embora, a sessão tinha terminado. Os dois já estavam de saída quando a analista apareceu encharcada e arrematou que ele não ia a lugar nenhum, a sessão não tinha acabado. Ela só precisava de um minuto para trocar de roupa.

A maioria não aprende nunca. Apesar de ter estabelecido os primeiros contatos conscientes com o mundo das projeções já aos cinco anos, quando compreendeu, pelo método kleiniano, que tudo na vida é uma coisa e outra ao mesmo tempo, o Rato continuava se confundindo na meia-idade.

O colega de adolescência marcou numa churrascaria, no domingo, quando as churrascarias estão repletas de famílias e crianças com balões, correndo por todos os lados (e para fora da churrascaria, desesperadas, tentando escapar dos pais e do futuro que ali se anuncia), enquanto os avós permanecem sentados em silêncio às cabeceiras, esperando o golpe de misericórdia, quando o garçom trará o bolo e eles serão encorajados a soprar as velinhas, sob as palmas dos filhos, dos netos e dos bisnetos. De início, o Rato achou graça. Uma churrascaria, no domingo. Só podia ser um chiste. Chegou na hora marcada, mas não encontrou o colega no meio do mar de gente e balões de encher. Ou não o reconheceu. Também não se telefonaram para precisar onde estavam. E nem depois, para lamentar o desencontro e marcar uma nova tentativa num lugar mais propício.

23. Ao contrário do que diz o bom senso, a relação com o chihuahua se tornava tão mais obsessiva quanto mais passava o tempo que em princípio tudo cura. A primeira reaparição do chihuahua depois do famigerado "corte cirúrgico" por Skype tinha sido através de um e-mail no qual ele se dizia assombrado

pelos espectros de uma relação que ele tampouco conseguia esquecer (pressupondo que o Rato não o esquecesse, é claro). Enumerava uma série de lugares onde estiveram juntos e dizia que, quando passava por lá, era assaltado por fantasmas.

Foi logo depois do encontro no México, quando a paixão chegara a seu ponto culminante, que as mensagens do chihuahua ganharam um cunho mais nitidamente paranormal. Dizia ter descoberto que não podia viver sem o Rato, que estavam ligados por uma relação cósmica. Dava como prova uma série de coincidências numerológicas e astrológicas, pífias na maioria mas que aos olhos do Rato apaixonado pareciam de fato extraordinárias. Se brigavam, bastava receber dois e-mails enumerando novas coincidências místicas para o Rato voltar a comer na mão do chihuahua.

"É claro que eu sabia que vocês estavam juntos na Cidade do México antes de eu chegar", o Palhaço respondeu, no avião, irritado com a ingenuidade da pergunta.

"Ele me disse que a viagem que vocês fizeram à Baixa Califórnia foi muito difícil, porque brigaram o tempo todo", o Rato reagiu.

"Brigamos?"

"Ele disse que vocês dois choraram muito."

O Palhaço não conteve a gargalhada, que só não acordou mais passageiros porque acabou abafada pelo barulho dos motores em altitude de cruzeiro, atravessando o oceano no meio da noite.

Três anos antes, na noite em que se conheceram em Berlim, o Rato tinha se vangloriado, no restaurante, de só se apaixonar quando fazia os outros chorar. Tinha descoberto, com a mulher, que não era capaz de resistir às lágrimas. E não era à toa que estavam juntos fazia tanto tempo. Disse que lembrava perfeitamente da noite em que entendeu que ela era a mulher de sua vida, quando, durante uma briga, em vez de retrucar na mesma moeda, com a mesma violência que ele usava para atacá-la, ela desceu do carro e voltou para casa, chorando. Foi o choro da mulher que o conquistou, foi quando ele entendeu que não podia vê-la sofrer e que faria tudo para protegê-la, sempre, por mais irritado que estivesse, por mais irascível que fosse. Era claro que havia uma ambiguidade naquela declaração intempestiva. Não estava falando da mulher; estava dando indicações ao chihuahua. O chihuahua o ouviu atento e guardou o recado. E, todas as vezes que brigaram ou se separaram dali em diante, nunca deixou de lhe dizer que tinha passado horas e mesmo dias chorando, embora o Rato nunca o tivesse visto chorar.

O Palhaço continuava rindo.

O chihuahua se alimentava da ingenuidade do amor, mesmo sem acreditar nele, sem sentir amor nenhum. Forjava a inocência e a loucura do amor, fingia sofrer de amor, imitava os trejeitos que apreendia do amor dos outros. Talvez quisesse realmente amar, mas apenas reproduzia uma caricatura, um arremedo, um maneirismo constrangedor e sem futuro. Por mais que se esforçasse, não conseguia ser crédulo, mas o cinismo também não lhe bastava. Precisava iludir o amante, mas a certa altura era ele, e não o amante, quem precisava recorrer a algum tipo de cegueira ou de ilusão.

A peça que eles viram juntos em Berlim, na noite em que se conheceram, pareceu engraçadíssima ao Rato. Riu sem parar durante todo o espetáculo que devia falar da violência mas na verdade falava do amor, e foi só ao sair do teatro, quando começaram a discutir sobre o que tinham acabado de ver, que ele se deu conta de que o chihuahua, o Palhaço e a professora não tinham visto a mesma peça que ele: não viram nenhuma graça, acharam tudo ridiculamente esquemático e sem humor. "É um texto em primeiro grau, sem nenhuma ironia. Se não fosse a sério, seria uma ótima peça", o Palhaço disse, deixando o Rato desconcertado. Não era só como se não tivessem assistido à mesma peça; era como se pertencessem a espécies diferentes. A professora não dizia nada e o chihuahua, preferindo não se comprometer logo no primeiro encontro, apoiou o Palhaço com discrição: "Falta perversão. Eles se levam demasiado a sério", disse, e depois sorriu para o Rato.

24. Quando se deu conta, o Rato já estava subindo as escadas do edifício onde alugara um apartamento, seguido pelo chihuahua, com a sacola de verduras, temperos turcos e frutas secas a tiracolo. Bastou fechar a porta do apartamento para os dois se atracarem depois de uma brevíssima hesitação. O mau hálito do chihuahua agora era água no deserto para um Rato assombrado por miragens. Foram deixando as roupas pelo chão antes de entrarem no quarto. As costelas salientes do chihuahua, o quadril alto, o pau que era o dobro do pau do Rato, o peito liso e a bunda peluda como as pernas. O Rato enfiou a cara entre as nádegas do chihuahua e meteu a língua no seu cu.

"*Te gusta mi culo?*"

"*Sí, mucho.*"

E de repente o chihuahua o estava abrindo para o Rato, entregando-se ao assassino, como a puta de *Rocco e seus irmãos*, como Cristo. Aquilo o excitou ainda mais. Ele penetrou o chihuahua, sem nem pensar em camisinha, depois de cuspir e espalhar o cuspe sobre o cu dele, com o dedo médio e o indicador, e com a palma da mão sobre o próprio pau. Dessa vez, estranhamente, o sexo desprotegido não revoltou o chihuahua. Antes, quando o Rato tentara penetrá-lo sem camisinha, ele quase perdera a cabeça. Agora, o chihuahua dava a entender que era o que queria. Se entregava em sacrifício. Ia morrer em nome dos homens. Estava de quatro na cama, com a bunda empinada e as pernas afastadas, enquanto o Rato o comia por trás.

"*Te gusta mi culo?*"

"*Sí, mucho.*"

"*Es tuyo.*"

Olhando para a nuca daquele homem que ele amou, por quem teria sido capaz de largar tudo, talvez até cometer um crime, o Rato viu enfim o demônio. Foi uma visão repentina, enquanto o penetrava, enquanto o chihuahua gemia. De repente, o Rato viu naquele homúnculo com o pau grande balançando uma possessão, a encarnação do demônio no corpo franzino, frágil e indefeso da vítima inconsciente, e desferiu o primeiro golpe. Foi um ato estranho a seu feitio e que o pegou de surpresa e o assustou tanto quanto ao chihuahua, que se virou para trás ao receber o primeiro tapa na cara, como se fosse reagir. Não reagiu. Ao contrário, fitou o Rato por um segundo e retomou os gemidos de prazer, como se o encorajasse. O Rato hesitou e bateu de novo.

"*Más fuerte!*"

O Rato já não tinha certeza do que ouvia. Encheu a mão e lhe acertou um soco na têmpora. E mais outro. Estava ao mesmo tempo assustado e excitado com o ritmo que a violência tomava. Uma mancha de sangue se alastrou pelo lençol branco, entre as pernas do chihuahua. Quando o chihuahua voltou a se virar para ele, com os olhos injetados e lacrimosos, o lábio cortado e um sorriso mais possesso do que o Rato jamais vira, um filete de sangue lhe escorria do nariz. Estava em transe.

"*Más!*"

O Rato o esmurrou mais forte e gozou, para afinal se dar conta, horrorizado, de que o chihuahua estava inconsciente.

＃ V. O RESGATE

1. Quando a poeira no quarto de hotel começa a baixar, o homem com a perna ensanguentada o interrompe. "Não quero morrer", ele diz, jogado no chão. O Rato se surpreende ao ouvir a frase em inglês. Pensava que não compartilhassem uma língua comum. Até ali, falaram suas próprias línguas. O homem, na verdade, disse apenas uma palavra ou outra, numa língua que o Rato terminou identificando pelo som, embora não a compreendesse, e que o aliviou. O homem é curdo. É o suficiente para o Rato supor que ele não esteja ali por iniciativa ou vontade própria. Foi forçado a entrar no hotel, buscou refúgio naquele quarto em vez de explodir. O Rato tenta entender, na urgência da situação, quem é seu companheiro secreto. Começa por fazer projeções. Supõe que o homem seja iazidi. A suposição é também uma esperança. Quando um raio de sol entrou pela janela estilhaçada e atingiu seu rosto encostado na parede, enquanto o Rato falava numa língua que ele não podia entender, o homem se curvou com as palmas das mãos viradas para cima e disse alguma coisa que o Rato associou a uma prece. Para os iazidis, o

sol é sagrado. Adoram um arcanjo cujas lágrimas, depois de ele descer à Terra e deparar com o sofrimento dos homens, apagaram o fogo do inferno. "Não quero morrer", o homem repete, em inglês. Por adorarem um arcanjo que se recusou a obedecer a Deus e a se submeter aos homens, os iazidis foram acusados ao longo dos séculos, por islâmicos, cristãos e viajantes ocidentais, de fazer simpatias para o demônio.

2. O chihuahua hesitou dois dias antes de mudar sua versão (de que sofrera um acidente) e decidir enfim prestar queixa à polícia, contra o Rato, por agressão e estupro, incentivado pelo ex-namorado sociólogo e por um amigo, advogado de uma associação de defesa dos direitos dos homossexuais. Os dois o acompanharam até a delegacia, poucas horas depois de o Rato ter deixado o solo alemão. O chihuahua justificou a hesitação e a mentira do primeiro depoimento com o argumento de que estava com medo do agressor, que o levara ao hospital, onde ele contou aos médicos a versão deturpada do que ocorrera. A nova informação se espalhou como vírus pela internet. Um dos comentários mais replicados dizia que o neurocientista mexicano fora vítima de agressão e estupro por parte de um indivíduo violento e homofóbico, que, para completar, trabalhava para uma agência humanitária (o que já era em si uma grande ironia) e cujo "desejo dominador" o levava a gozar apenas quando fazia sexo desprotegido e não consentido, "quando invadia à força o interior do corpo dos outros, como se os colonizasse com seu esperma, tomando o que não lhe pertencia, fazendo seu o território alheio".

3. "Onde está o detonador?", o Rato pergunta em inglês ao

homem ferido no chão, fazendo-se acompanhar de gestos reiterativos e um pouco ridículos. "Quem é que controla a explosão?"

"Eu", o homem diz afinal, e leva a mão à altura do coração.

"Não toque nisso!", o Rato exclama, sem coragem de avançar mais, supondo que ali esteja aninhado o detonador.

"Não funcionou", o curdo tenta tranquilizá-lo.

Durante os minutos que passou com o homem caído no chão, no quarto de hotel, até ele dizer, em inglês, que não queria morrer, o Rato esperou ser interrompido por um verbo sem sujeito expresso, na mesma conjugação e com o mesmo sentido sinistro, usurpado pelo contexto, que anunciava a morte nas ruas do Rio de Janeiro: "Perdeu!".

A frase em inglês o despertou do torpor de três anos.

"Vamos sair daqui juntos", o Rato diz.

O homem balança a cabeça e balbucia alguma coisa em curdo — é como se fizesse uma nova prece — e arremata num inglês que vai se tornando cada vez mais precário, conforme ele tenta se explicar: "Se eu sair daqui vivo, é o meu filho que morre. Vim no lugar dele. Se eu sair vivo, matam ele".

O Rato entende que o curdo se ofereceu em sacrifício no lugar do filho capturado por jihadistas que pretendiam usá-lo numa missão suicida: "Você consegue tirar o colete? Consegue andar?".

O Rato o ajuda a arrancar as fitas adesivas que prendem o colete ao tronco.

"Fizeram um trabalho porco. Sorte sua. E minha", ele diz ao curdo, que começa a chorar e a tremer mais forte, assim que removem o colete.

*   *   *

O Rato enche os bolsos do casaco jogado na cama com o dinheiro do resgate. Embrulha o resto do dinheiro no forro removível do casaco. Aproxima-se do curdo, que já está vestido com suas roupas, e lhe entrega o casaco e o dinheiro embrulhado no forro.

"É isso que eles querem. Com esse dinheiro, você pode pagar o resgate do seu filho e ainda contratar um motorista pra te levar até a fronteira. Qual é o seu nome?"

O curdo diz seu nome ao Rato.

"Quando perguntarem o seu nome, diga o meu", o Rato lhe diz, e lhe entrega o passaporte. "Vai ter que ir sozinho. Vai ser a sua escola", o Rato diz, como se falasse para si.

4. Ele foi ouvido, falando sozinho em seu quarto, como se estivesse louco, ou assim eles pensaram em meio ao caos, aos gritos e aos tiros, até vê-lo no umbral da porta do hotel, no térreo, mudo, com a perna sangrando.

Quatro soldados do lado de fora apontam seus fuzis para ele e o exortam a voltar para o quarto, enquanto a situação não estiver sob controle. Ele diz, em inglês, que vai sair assim mesmo. A despeito dos gritos, caminha para fora da casa, manco, com a calça ensanguentada, desafiando as ordens dos soldados. E, por um momento, o caos se cala. Um dos soldados pede mais uma vez a ele que pare, mas ele continua avançando. Da janela estilhaçada, o Rato o vê atravessar o pátio, sair pelo rombo feito pela explosão no muro exterior e desaparecer do lado de fora, com o embrulho debaixo do braço, vestindo suas roupas e o casaco no qual, além do dinheiro do resgate, ele guardou a última carta que o chihuahua lhe enviara.

É a última vez que se ouve falar no Rato.

ESTA OBRA FOI COMPOSTA EM ELECTRA PELO ACQUA ESTÚDIO E IMPRESSA
PELA RR DONNELLEY EM OFSETE SOBRE PAPEL PÓLEN SOFT DA SUZANO
PAPEL E CELULOSE PARA A EDITORA SCHWARCZ EM AGOSTO DE 2016

A marca FSC® é a garantia de que a madeira utilizada na fabricação do papel deste livro provém de florestas que foram gerenciadas de maneira ambientalmente correta, socialmente justa e economicamente viável, além de outras fontes de origem controlada.